Schmerz & Sinn

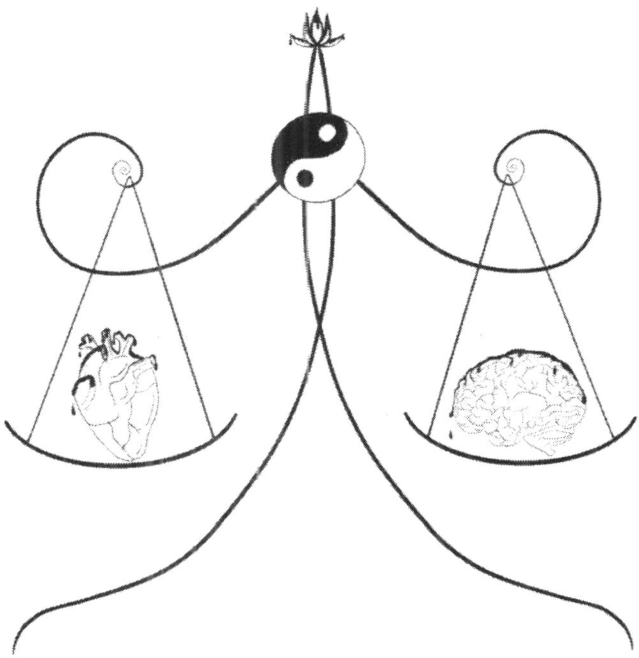

Inhalt

Schmerz..........9
der Schmerz geboren zu werden..........10
der Schmerz eines Kindes..........15
der Schmerz eines Jugendlichen..........22
der Schmerz einer Frau..........79
der Schmerz eines Mannes..........85
der Schmerz eines Erwachsenen..........89
der Schmerz einer Mutter..........99
der Schmerz eines Vaters..........103
der Schmerz einer Familie..........106
der Schmerz der Liebe..........116
der Schmerz der Welt..........209
der Schmerz des Glaubens..........239
der Schmerz der Spiritualität..........298
Sinn..........322
der Sinn des Schmerzes..........323
Leben und Tod..........328
der Sinn des Lebens..........330
mein Monolog..........333

Möge dieses Buch endlich heilen,

den unterbewussten Schmerz, den wir teilen.

Erhalte einen Sinn auf all deine brennenden Fragen,

auf das dich deine Gedanken nicht mehr plagen.

- Dieses Buch ist für dich

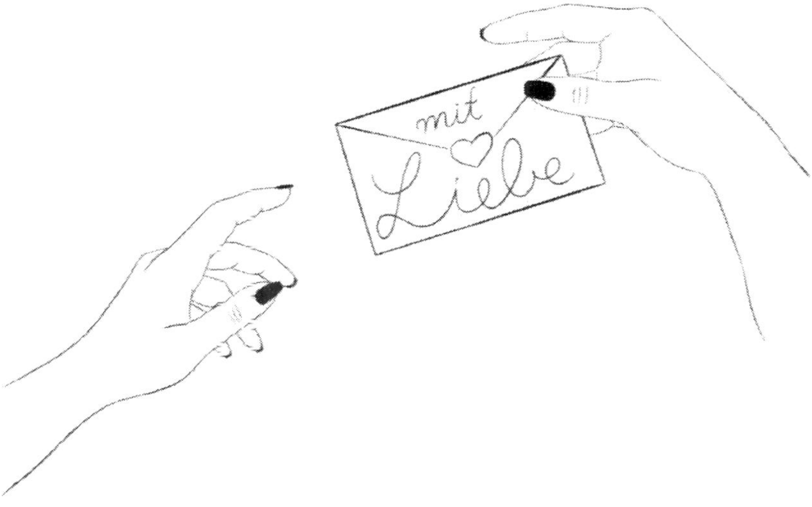

19. September

Für meine Mutter **Saide Kryeziu**,
alles Gute zum Geburtstag.
Ich liebe dich.

SCHMERZ

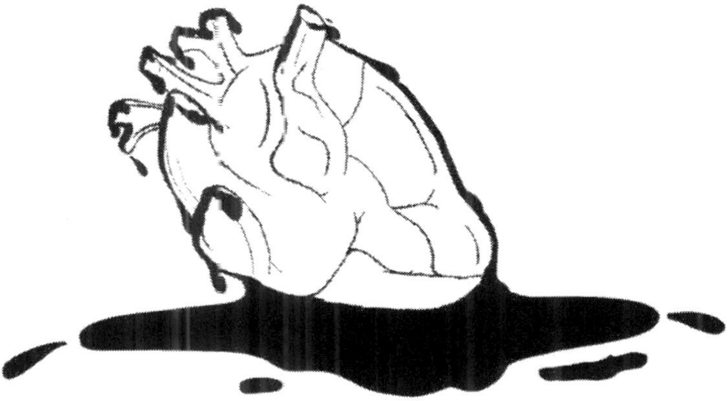

In der einen Sekunde ist Mutter's Schmerz zerissen zu sein,
in der nächsten Sekunde wird von dir erwartet zu sein.
Nicht kommunikativ und dennoch zuhörend,
unwissend und doch observierend.
Mit einem Herz und einem Verstand als Segen,
um ein Leben voller Lektionen zu erleben.
Hier mit deiner ganz eigenen Mission,
hier um zu vollenden Gottes perfekte Vision.

- Der Schmerz geboren zu werden

Der aller erste Schmerz
ist geboren zu werden.
Wenn ein menschliches Wesen
zerrissen wird,
befindet sich ein Spalt
zwischen Leben und Tod.
Auf dass die Seele emporsteigt und
weise wird.

- Du bist hier aus einem Grund

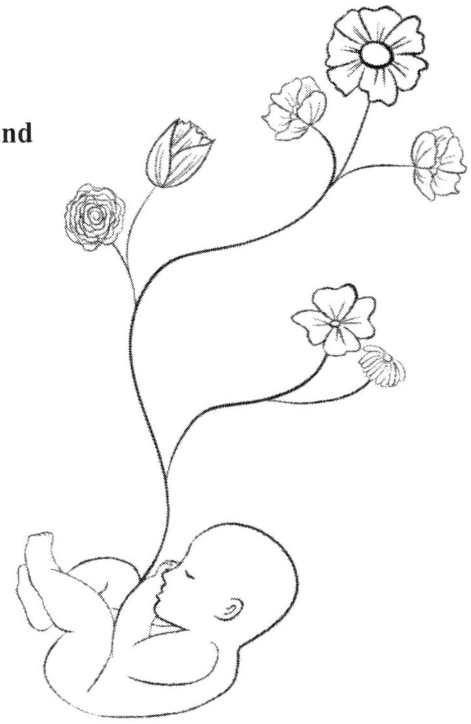

Wenn selbst deine Geburt
nicht schmerzfrei war,
was hast du von diesem Leben
erwartet?

- Achte auf den ersten Eindruck

Die Sache mit der Geburt
ist, dass du niemals danach gefragt hast
und dennoch hier bist.
Deshalb ist es von Bedeutung, dass du
Frieden mit der gnadenlosen Art,
durch die du auf diese Welt gesetzt wurdest,
schließt.
Denn du bist ganz sicher
hier aus einem Grund.

- Deine Existenz ist von Bedeutung

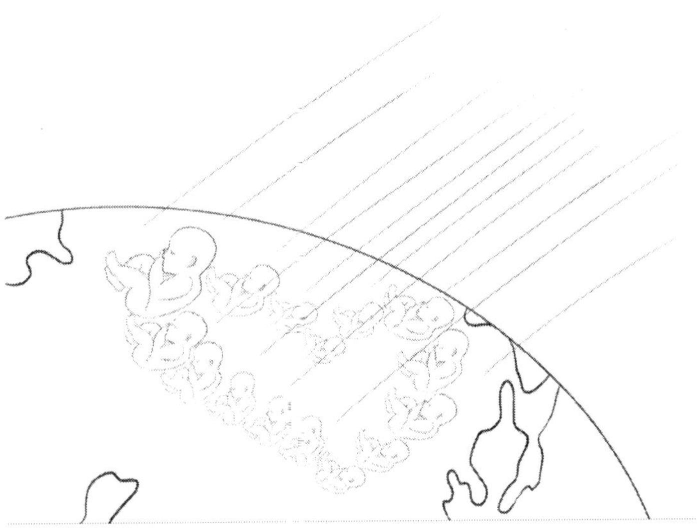

An alle Neugeborenen,
du bist die Verkörperung der Unschuld,
beinahe engelsgleich.
Du bist nicht böse,
es ist die Welt, die korrupt ist.
Und um in so einer Welt zu überleben
musst du authentisch sein.
Gib niemals das Gute auf,
denn du trägst es bereits in dir.
Vertraue darauf, dass alles seinen Sinn hat,
genau so wie du selbst.
Auf dass du stark genug sein wirst,
alles was auch geschehen mag, zu überdauern.
Es wird dich zu deinem Ziel führen,
denn du wurdest erschaffen,
um genau so zu sein, wie du bist.

- Zweifel niemals Gottes Kreation an

Unschuldige Seelen, wandern auf diesen Weg, der sich nennt: Leben.
Engelsgleiche Wesen, die nur eins wollen: Überleben.
In ettliche Unstimmingkeiten eingeengt,
kontinuierlich auf Erfolge gedrängt.
Verstummt, gedemütigt und stets kritisiert,
sich fragend, ob die falschen Personen wurden autorisiert.

- Der Schmerz eines Kindes

Deine Kindheit,
hat viel größere Auswirkungen
als du denkst.
Denn dein Bewusstsein formt
gerade mal 10 Prozent.
Wohingegen dein Unterbewusstsein
ganze 90 Prozent ausmacht.
Es schläft niemals,
es weiß mehr als du denkst.

- Du hast vielleicht vergessen, doch
dein Unterbewusstsein weißt

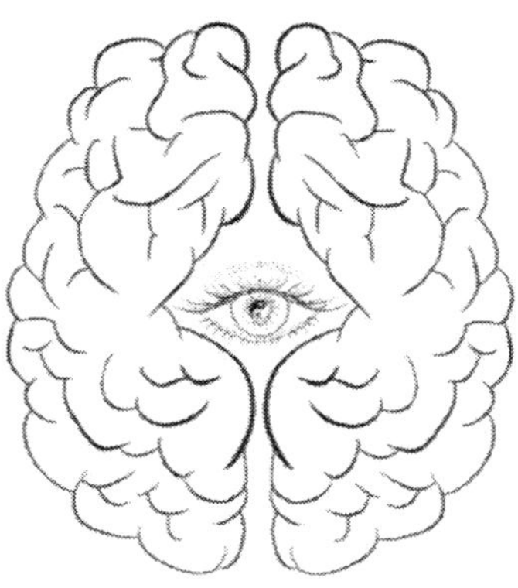

Die Sache ein Kind zu sein
ist, dass du verurteilt wirst,
wenn du die Antworten nicht weißt,
welche sie selbst erlernen mussten.
Du wirst bestraft für
das Stellen von Fragen,
dessen Antworten
sie selbst nicht gefunden haben.

- Keine Antwort zu bekommen, heißt nicht, dass man nicht fragen darf

Als Kind,
hast du ein Urvertaruen
gegenüber dem Guten,
gegenüber der Liebe,
gegenüber dir Selbst,
welches man dir wegnimmt.
Stück für Stück.
Dazuführend,
dass du weniger
dir Selbst vertraust,
der Welt vertraust,
als auch dem Leben an sich vertraust.
Jedoch musst du lernen
auf dein Bauchgefühl zu lauschen,
auf dein Herz zu hören und
dich auf deine Intuition zu verlassen.
Sie kennen den Weg.

- Lass deine Seele dich führen

Ich gehe meinen Weg,
der sich Leben nennt,
im Klaren über mögliche
Hindernisse auf dem Weg.
Es gibt Höhen und Tiefen,
die nun mal dazugehören,
wird uns zumindest gesagt.
Manchmal, da verläuft alles glatt
und ich beginne zu laufen
und laufen,
will von der Welt gesehen werden.
Finde meine Stimme,
offenbare mich,
doch dann
falle ich,
rolle mich ein,
werde ganz klein
und entwickle eine Angst.
Angst nach Hilfe zu fragen,
Angst erneut aufzustehen,
Angst davor weiterzugehen.
Menschen verlassen dich,
sie verurteilen dich,
sie passieren einfach vorbei.
Du fühlst dich alleine,
du fühlst dich im Stich gelassen,
du fühlst dich zu klein für
diese Welt.

- Kleines Ich in einer großen Welt

An jedes Kind
und jedes innere Kind,
du bist ein Rohdiamant.
Geschliffen durch die Gesellschaft,
in die du hineingeboren wirst.
Geformt durch das Elternhaus,
welches du dir nicht ausgesucht hast.
Deformiert durch den Bildungsweg,
welcher dir auferlegt wird.
Es tut mir so leid,
dass man versucht hat dich zu verbiegen,
als seist du nicht
bereits perfekt.
Ich hoffe nur,
dass du eines Tages verstehen wirst,
dass du bereits am Strahlen warst,
lange bevor man versucht hat dich zu
polieren.

- Leuchte dein ganz eigenes Licht

Schmerz & Sinn

Elisa

An meine zukünftigen Kinder,
ich werde euch nicht vorschreiben mich zu respektieren.
Ich werde euch zuerst respektieren,
damit ihr die Magie dahinter verspürt.
Ich werde euch nicht vorschreiben,was ihr zu tun und lassen habt.
Ich werde euch bei jeder Entscheidung unterstützen, die ihr trefft,
damit ihr eigenständig wachsen und lernen könnt.
Ich werde euch nicht vorschreiben, euch zu verstecken, um nicht aufzufallen.
Ich werde die einzigartige Blume bewässern, welche ihr
sein werdet,
damit ihr lernt euch selbst zu lieben, genauso wie ihr seid.
Ich werde nicht darauf warten, dass ihr mich liebt,
wie ich es gerne hätte.
Ich werde euch auf die Art und Weise lieben,
wie ich es einst selbst benötigt habe.
Damit ihr die Macht der Liebe verstehen könnt,
damit ihr euch
niemals für den Hass entscheidet.

- Kinder sind unsere Hinterlassenschaft, lasst sie liebevoll sein

Sich öffnen, obwohl einem die passenden Worte fehlen,
nur um verstummt zu werden und sich dann im Stillen quälen.
Sich verändern, ohne jegliche Anleitung, um sich daran zu orientieren.
Doch zu schüchtern, um Fragen zu stellen, man wird es selbst schon probieren.
Sich fragend, ob dieses Leben überhaupt für einen geschaffen ist,
wenn zu leben heißt, andere schreiben dir vor wer du bist.

- Der Schmerz eines Jugendlichen

Die Sache ein Jugendlicher zu sein
ist, dass du dich fühlst, als würde dich niemand verstehen,
während du dich nicht einmal selbst verstehen kannst.
Du wächst raus aus der kindlichen Naivität
und realisierst was eigentlich vor sich geht.
Suchst nach Vorbildern, um sich an ihnen zu orientieren,
während du daran scheiterst, dein Spiegelbild zu erkennen.
Entdeckst Gefühle, welche dir vorher unbekannt waren.
Verstehst Stück für Stück,
dass es weitaus mehr gibt, als du bislang kanntest.
Demzufolge strebst du nach mehr, während du
an Grenzen stößt, welche dir auferlegt wurden.
Bis du schließlich ganz eigene Grenzen entwickelst.
Wächst in die Person hinein, welche du eines Tages sein wirst,
ohne überhaupt zu wissen, wer das ist.

- Sich selbst kennenlernen

Wenn du wächst,
gleichst du einer Blume.
Nicht im Klaren darüber sein, was du tust,
aber es dennoch tun.
In dein höheres Ich hineinwachsen,
nichts ahnend wer das ist
und dennoch wachsen.
Doch genau wie eine Blume
solltest du einfach weitermachen.
Du solltest einfach weiterhin über dich hinauswachsen.
Denn eines Tages, wenn die Zeit reif ist,
wirst du aufblühen.

- Unbekannte Samen

Eine verdorbene Frucht
sorgt dafür, dass alle Früchte um sie herum ebenfalls
verderben.
Du wirst es nicht einmal merken.
Es geschieht langsam aber sicher.
Und wenn du dir nur etwas zu viel Zeit lässt,
wird nichts kostbares mehr
übrig bleiben.

- Wähle dein Umfeld mit Bedacht

Die Sache ein Freund zu sein
ist, dass man jederzeit zurückgelassen werden kann.
Als würde der Fakt,
dass ihr nicht dasselbe Blut teilt,
den Fakt ändern,
dass ihr gemeinsame Erinnerungen teilt.
Als wäre es so einfach jemanden zu vergessen.
Als sei ein Freund nicht
die Familie, welche man selbst aufgebaut hat.

- Du selbst

An all meine ehemaligen Freunde,
ich bin dankbar für die gemeinsamen Erinnerungen, welche wir teilen
und doch bin ich froh darüber, dass wir keine Freunde mehr sind.
Denn etwas, dass für die Ewigkeit bestimmt ist, hat kein Ende.
Ihr wart das Wasser, das mir zum Wachsen verholfen hat
und doch bin ich selbst die blühende Blume.
Obwohl einige von euch mich pflücken wollten,
sehe ich es heute als Kompliment an.
Ich vergebe euch und mir selbst dafür,
es damals nicht besser gewusst zu haben.
Ich hoffe, dass nach all der Zeit
auch ihr euch weiterentwickelt habt
und gewachsen seid.

- Wir sind fertig miteinander

An all meine Freunde,
ich habe euch nicht alle einzeln genannt,
die Wahren werden es verstehen.
Ich will meine Freunde nicht unterscheiden,
denn ihr bedeutet mir alle gleichermaßen viel.
Ihr seid wie die Finger meiner Hände,
die mein Leben auf jegliche Art und Weise erleichtern,
während ihr mir helft nach den Sternen zu greifen.
Der Verlust von ein jedem von euch,
würde auf den ersten Blick individuelle Konsequenzen haben
und doch würde es bei jedem gleichermaßen schmerzen.
Eure wunderschönen und vielseitigen Seelen, gestatten mir
einen Einblick in ganze Paralleluniversen.
Dazu führend, dass ihr mich jedes Mal aufs neue inspiriert,
während ihr meiner komplizierten Seele den Frieden schenkt,
wonach sie sich schon immer gesehnt hat.
Es tut mir unendlich leid, falls ihr euch mal
nicht wertgeschätzt fühlt,
da ich weiß, wie schwer es ist, mich nachzuvollziehen.
Doch auch wenn ich euch nicht die Zeit schenke, welche ihr
verdient,
will ich, dass ihr aus tiefstem Herzen wisst,
ich liebe jeden einzelnen von euch.

- Es ist mir eine Ehre euch zu haben

Schule
kann zu einem Ort des Beisammensein werden,
doch genauso der Ausschließung.
Denn während Freunde sich finden,
finden sich auch Feinde.
Manchmal
bist du selbst der Feind,
manchmal sind es deine Klassenkameraden
und manchmal sogar deine Lehrer.
Während du zu einem bestimmten Typ Mensch
konditioniert wirst,
um der Wirtschaft von Nutzen zu sein,
verlierst du dich selbst immer mehr und mehr.
Du wirst ständig beurteilt und benotet,
als würden irgendwelche Prüfungen was über deine Intelligenz
aussagen.
Doch wenn du es dann endlich hinter dir gebracht hast,
wirst du in die harte Realität geschmissen,
nur um herauszufinden,
dass du eigentlich
gar nichts weißt.

- Ändert das Schulsystem

Nach der Schule
habe ich so viel mehr gelernt,
als in all den Jahren meiner Schulbildung.
Ich habe sogar freiwillig Mathe gelernt
und eine Schönheit darin gefunden,
die ich nicht für möglich gehalten hätte.
Ich habe bemerkt, dass ich Wissen liebe und
begann meinen Wissensdurst zu stillen.
Währenddessen habe ich verstanden,
wie viele Dinge einem tatsächlich ineffektiv beigebracht werden.
Wie viel Leidenschaft doch fehlt.
Man versucht uns Wissen in Schwarz und Weiß nahezubringen,
anstatt uns mit der Schönheit aller Farben zu belehren.
Denn auch wir sind alle individuell und
können voneinander lernen.

- Unterricht benötigt mehr Vielfältigkeit

Wenn du deinen Problemen
keine Aufmerksamkeit schenkst,
werden sie langsam aber sicher wachsen
und wenn du es dann wagst,
ein schlafendes Monster zu wecken,
wirst du verstehen warum
die Tiefen der Ozeane
noch immer unerforscht sind.

- Sprich bevor es zu spät ist

Ich habe Phasen, in denen ich verschwinde.
Ich tauche unter wie die Atlantis.
Ich verlasse dich mit der Frage,
wo ich wohl bin
und ob ich jemals wirklich da war.
Du kannst es überdenken
oder einfach den Fakt akzeptieren,
dass ich zum jetzigen Zeitpunkt
nicht da bin.

- Mysterium

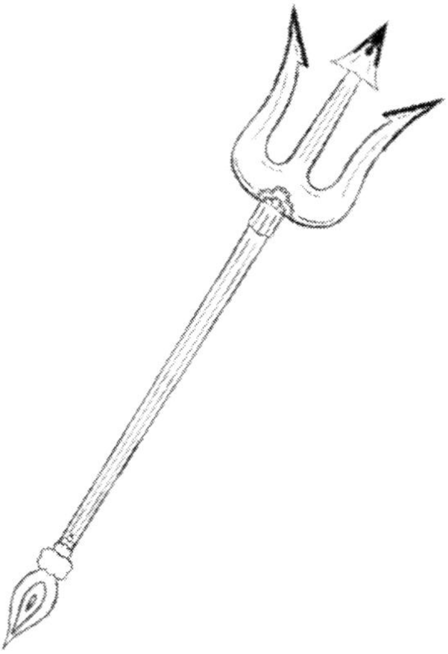

Mein Herz
ist voller Löcher,
die niemandem
gestatten zu bleiben.
So schnell
wie du gekommen bist,
wirst du auch wieder
rausfallen.

- Schwarzes Loch

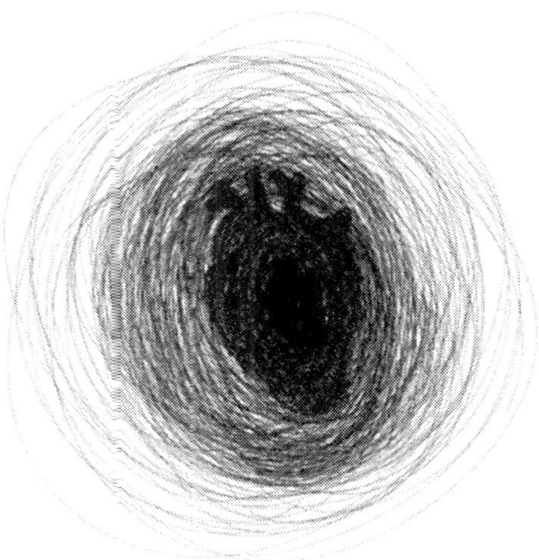

Halte Abstand zu mir,
denn ich werde dich im Stich lassen,
oder besser gesagt,
du wirst dich selbst enttäuschen.
Denn ich werde deine Erwartungen nicht erfüllen.
Ich werde nicht immer für dich da sein können,
denn ich bin für mich selbst da.
Ich werde dir nicht immer zuhören können,
denn ich rede mit mir selbst.
Ich werde dich nicht retten können
denn ich rette mich selbst.
Ich bin wie ein leuchtender Stern.
Scheine mein Licht,
für all jene, die es suchen.
Doch ich leuchte aus der Ferne,
so dass es niemand missbrauchen kann.

- Distanz

Wenn ich eine Blume wäre,
dann denke ich, wäre ich
ein Kaktus.
Stets am Blühen,
währen niemand
mutig genug ist mich zu
pflücken.

- pick me

Genieße es zu sein -jedermanns Obsession-
als bestünde ich aus purer Perfektion.
Gefüllt mit Schönheit und Melancholie,
sanft gespielt als wäre ich eine Melodie.

- Spiel weiter

Süße Nostalgie,
du bist der Puderzucker meiner
alltäglichen Waffeln.
Du bist bezaubernd wie Schnee.
Du erscheinst so
plötzlich,
dass du uns
sprachlos über deine Schönheit zurücklässt.
Jedoch scheinst du viel eher
die Moral der Schönheit zu sein.
Dein Glow Up war unerwartet.
Niemand sah deine innere Schönheit,
bis du schließlich nichts als
eine verblassende Erinnerung wurdest
und plötzlich
waren wir nicht nur im Stande dich zu sehen,
wir waren im Stande dich zu fühlen
als es schon längst zu spät war.

- Deine Süße kostet uns bittere Tränen

Trauer, Einsamkeit und Leere.
Sie durchströmen meinen zierlichen Körper,
wie brennende Lava einen Vulkan.
Unvorhersehbar,
dass eine Vorbereitung auf kommende Katastrophen misslingt.
Lieblich brennend, dass man sich wünscht
sein kaltes Herz daran zu erwärmen.
Schlussendlich tödlich,
dass man denken mag, den Tod mit dem Leben, tanzen zu sehen.

- Schmetterlinge in meinem Bauch

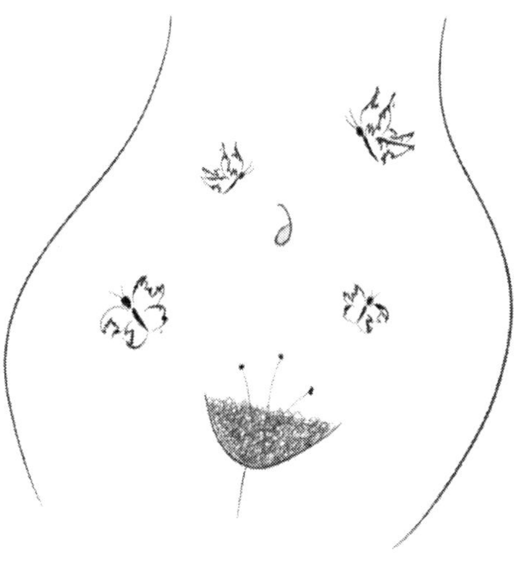

Sie schaut sich um,
sieht freundliche Gesichter,
blühendes Gelächter.
Du reichst ihr die Hand,
während sie begierig danach greift.
Sie hat keine Hintergedanken.
Naiv erlaubt sie sich, sich auf den Arm fallen zu lassen,
der sie zu halten vorgibt.
Doch sobald sie sich umdreht
hört sie das giftige Geläster,
das klirren der verräterischen Messer.
Ihr Blick sinkt zu Boden,
während ihre heißen Tränen erscheinen
dazu führend, dass ihre Qual erschwert wird.
Bittere Enttäuschung in ihrer Brust.
Derart tief gehend, dass es ihr den Atem raubt.
Sie wirft einen flüchtigen Blick in den Spiegel.
Sieht dieses gebrochene Wesen,
will sie halten, aufrichtig halten.
Sie greift nach sich selbst,
doch ihr Blick sinkt zu Boden als sie realisiert,
dass sie nicht einmal im Stande ist sich selbst zu halten.
Denn sie wurde so oft fallen gelassen, bis sie sich schließlich
selbst hat fallen lassen.

- Aufgeben

Traumatisiert
von Kopf bis Fuß.
Das Leben auf dem erforderlichen Minimum Leben.
Vor jedem Schlaf sich dem Tode fürchten.
Vor lauter Schmerzen nicht in der Lage sein zu atmen.
Sich im Kreise drehen, den Weg nicht finden.
Vierundzwanzig sieben am Kämpfen, Tag für Tag.
Meine Welt steht Kopf,
meine Seele ist gebrochen,
meine Krone beschädigt,
mein Herz in Tränen
und mein Verstand in Angst.
Bezahle ich für die Liebe
für den Größten dort oben?
Bin ich etwa am Leben um zu sterben,
nur um in der zu Lage sein zu fliegen?
Weit weg von dieser Hölle,
zurück in meiner sicheren Schale.
Werde ich Erleichterung empfinden,
wenn ich in Frieden Ruhe?

- Willkommen in der Hölle

Gedenket der weißen Rose, die ich geliebt habe.

Gedenket meiner Seele, die ignoriert wurde.

Fühlt die Trauer der Sommersaison.

Hört aufmerksam meinen Dämonen zu.

Schaut mein gebrechliches Herz an, das sie zerstört haben.

Hört mein Blut den Lärm erzeugen.

Lasst meine warme und tödliche Hand los.

Seht mich verwehen, so schön wie der Sand.

Hört mein gequältes und lautes auf Wiedersehen

und wagt es nicht mich zu fragen warum.

Sieht mich dort hängen so wunderschön tot

und wenn es vollbracht ist bemalt die weiße Rose

- Rot.

Glücklich,
als würden dich die Engel umarmen.
Traurig,
als würde dich der Teufel verjagen.
Lachst,
als wäre benebelt deine Sicht.
Weinst,
als wurdest du gelassen im Stich.
Fliegst,
als würdest du sehen das Licht.
Fällst,
als merktest du wie alles zerbricht.

- Diagnose F31.2

Psychische Gesundheit

Part I

Das interessante
einer psychischen Erkrankung
ist nicht zwingend die Krankheit selbst,
da diese existiert hat,
lange bevor jemand kam
und sie benannte.
Viel eher,
dass wir davon ausgehen es sei
eine Differenz,
welche einen von der Norm
unterscheidet.

- Was ist normal?

Part II

Wenn du dir im Klaren über
die Individualität ein jedes Individuums bist
und ausnahmsweise Symptome
psychischer Einschränkungen
als jeweilige Charakteristiken einer Person betrachtest,
anstatt als Defizit,
sollte klar werden, dass diese
normaler sind als wie sie
repräsentiert werden.

- Wer hat entschieden was normal ist?

Part III

Menschen können
sich über körperliche Symptome beschweren
ohne jegliche Probleme,
doch wenn es um
psychische Symptome geht,
denken wir ernsthaft wir müssten
diesbezüglich schweigen.

- Schweigen hat bislang nichts geändert

part IV

Stellt euch die Psyche,
mit all seinen Vernetzungen,
wie ein Rezept vor.
Wenn du feststellst, dass das Endergebnis
deinen Erwartungen nicht gerecht wird,
wie können wir davon ausgehen
es würde besser werden
ohne es generell zu
überarbeiten?
Wir müssen unsere Gefühle,
Gedanken
und Ideen austauschen.
Denn jeder Ratschlag,
jede weitere Sichtweise,
erweitert unsere eigene.
Deine Stimme zählt.
Du verdienst es gehört zu werden.
Du solltest dich niemals dafür schämen wer du bist.

- Bei dir wurde Menschlichkeit diagnostiziert

Sie wollen dass du auf der sicheren Seite spielst,
damit du nicht verlieren kannst.
Denn solange du die Grenzen nicht überstreitest,
interessiert es sie nicht ob du dich selbst in dem Prozess verlierst.
Sie glauben nicht an deine Ziele,
denn sie erscheinen so weit weg.
Denn wenn es wirklich möglich wäre,
hätten sie es doch selber gemacht.
Sie wollen dir deine Träume ausreden,
da ihre eines Tages zu Alpträumen wurden.
Sie wollen, dass du bereits gegangenen Fußstapfen folgst,
da sie zweifeln, ob
du deinen eigenen Weg finden kannst.

- Träume groß

Sag mir nicht ich soll
meine Ziele überdenken,
wenn du nie in meine
einzigartige Seele geschaut hast.
Sag mir nicht ich soll
aufhören und aufpassen,
denn du wirst mich nicht von meiner
träumenden Wolke stoßen können.
Sag mir nicht das Leben sei nicht
für Träumer,
nur weil du niemals
heilen konntest.
Versuch erst nicht deine
bittere Ansichten auf mich zu übertragen,
denn ich bin ich und ganz sicher nicht
du.

- Unaufhaltsam

Ich wurde erzogen
darauf zu achten, was andere sagen,
anstatt mir beizubringen,
den Weg der Selbstverwirklichung zu wagen.
Ich wurde erzogen
mein wahres Ich zu verstecken,
anstatt mir beizubringen,
zu kämpfen und nicht einzustecken.
Ich wurde erzogen
den Weg anderer zu gehen,
anstatt mir beizubringen,
auf eigenen Beinen zu stehen.

- Ich bin meine eigene Person

Wer auch immer versucht
dich runter zu machen,
ist bereits unten.
Deshalb
solltest du dich nicht
auf deren Niveau des Elends
runterziehen lassen.

- Du bist besser als das

Ich zucke noch immer zusammen,
wenn ich es wage zu fragen warum
meine Angst deinen Respekt formt.
Als sollte es nicht
rein und nobel sein.
Als sollte es nicht
aus Bewunderung stammen.
Als sei es nicht Liebe, die dich
zum Vorbild macht,
sondern
die Angst dir nicht
ebenbürtig zu sein.

- Respekt aus Angst heraus ist Unterdrückung, wohingegen Respekt aus Liebe heraus ehrenhaft ist

Als du deine Stimme gegen mich erhoben hast,
hast du meinen Willen zur Freiheit beschämt.
Als du deine Hand gegen mich erhoben hast,
hast du die Grenzen meiner Seele gelähmt
und als du sagtest du hast aus Liebe gehandelt,
hast du meine Liebe in Hass gewandelt.

- Meines Respektes nicht würdig

Ich habe stets geglaubt,
kalte Menschen würden am wenigsten Wärme benötigen,
wo doch in Wahrheit, kalte Menschen die meiste
Liebe brauchen.
Denn sie brauchen jemanden,
der die harte Schale um sie herum akzeptiert,
bis sie schließlich bereit dazu sind sie
fallen zu lassen.

- Zerbrich kein Ei, sondern lass es schlüpfen

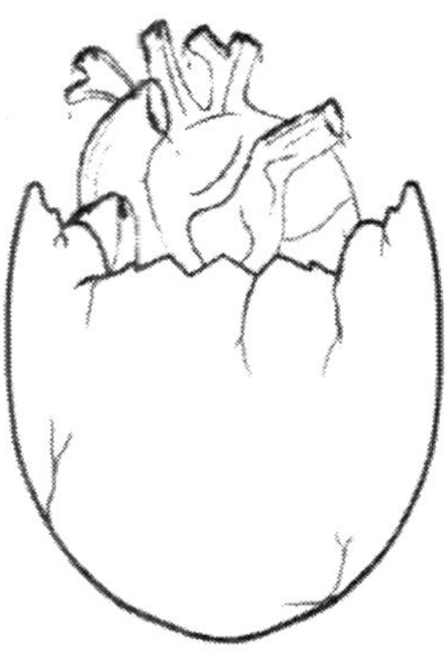

Die Sache mit Selbsthass
ist, dass sie deine Seele langsam aber sicher umbringt.
Sie wurde aus Liebe heraus geschaffen und
ohne sie, wird sie nichts als Leere sein,
die den Platz eines Körpers zu füllen versucht,
welcher sich nicht mehr wie zu Hause anfühlt.
Und was ist gefährlicher als ein lebender Körper mit
einer toten Seele..

- Ein Monster wurde erschaffen

Die Sache mit Hass
ist, dass sie schlussendlich nichts mehr als
eine Projektion des eigenen
Mangels an Selbstliebe ist.
Denn was andere in dir sehen, ist
eine Reflexionen ihres Selbst.
Du triggerst den Teil in ihnen selbst,
welcher nicht so heilen konnte wie du.
Weshalb sie dir das geben, was sie sich selbst gaben.

- Nicht deine Last zu tragen

Der Ursprung des Bösen
ist Xenophobie.
Die Angst vor etwas anderem,
etwas Fremden.
Sie ist auf eine Art und Weise internalisiert,
wobei die eigentliche Differenz erst dann beginnt,
wenn man das Fremde nicht akzeptieren mag,
obwohl es bereits existiert.
Wo doch man selbst genauso fremd für andere erscheinen kann,
wie andere wohlmöglich für einen selbst.
Akzeptanz
hat viel weniger mit der gegenüberliegenden Seite zu tun,
da diese bereits existiert und
nicht deiner Erlaubnis bedarf.
Vielmehr spricht Akzeptanz von
Selbstakzeptanz,
indem man sich weigert den Teil eines selbst zu akzeptieren,
welcher sich getriggert fühlt.

- Hab keine Angst vor dir selbst

Du musst nicht die Kontrolle über alles besitzen,
da du nicht dafür geschaffen wurdest alles zu wissen.
Habe Vertrauen in der universellen Ordnung,
dass du genau da bist wo du sein solltest,
fortbewegend in die Richtung, die für dich bestimmt ist.
Erkenne deine Verwirrung als eine Einladung in
das Partizipieren deiner gewünschten Realität.
Indem du ganz einfach auf deine Instinkte hörst,
da sie ein Portal zu deiner intuitiven Weisheit verkörpern,
welche dich zu deinem höheren ich führen wird.

- Finde dich damit ab getriggert zu werden, denn es verhilft dir zum Wachstum

Du musst
deine Emotionen akzeptieren,
denn nur wenn Akzeptanz gegeben ist,
kann Veränderung folgen.
Denn wenn du
deine Gegenwart nicht akzeptierst,
wie willst du im Stande sein
deine Zukunft zu akzeptieren?

- Die Zeit bleibt nicht stehen, du solltest es auch nicht

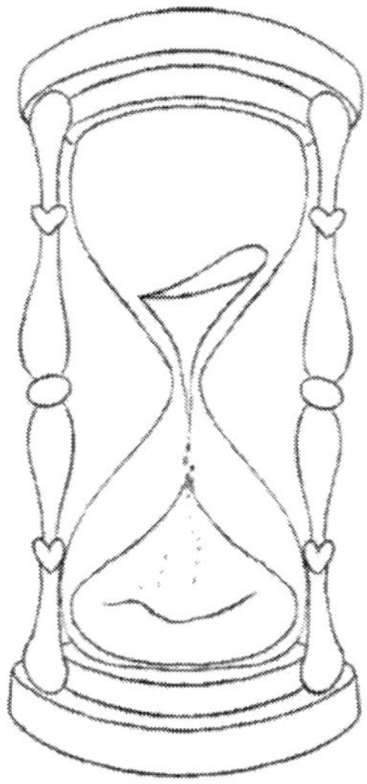

Es ist okay,
wenn andere dir nicht das geben was du brauchst.
Du musst von niemanden abhängig sein,
damit du dich sicher fühlst.
Lerne für dich selbst einzustehen,
denn es ist nicht riskant sondern notwendig,
auf das sich dein Bereich der Möglichkeiten erweitern kann.
Deshalb solltest du dich selbst niemals vermeiden,
sondern lernen, dein wahres ich zu akzeptieren
und dich damit zu verbinden.
Denn dann wird Ablehnung nie wieder
eine Bedrohung für dich sein,
solange du es selbst nicht zulässt.

- Verleugne dich nicht selbst

Die Sache mit dem Gefühl der Einsamkeit
ist, dass sie aus einer Furcht stamm
sich selbst kennen zu lernen.
Wo doch Angst selbst ein Aufruf dazu ist,
den Mut aufzubringen, sich selbst zu vertrauen.
Denn es gibt keinen Grund, seine eigenen Kräfte anzuzweifeln.
Es gibt keine Grenzen, um sich selbst kennen zu lernen,
tatsächlich wird es nur deine eigene
Perspektive erweitern.

- Du brauchst dich selbst

An jeden bad Guy,
denkt du wirklich,
deine Kälte macht dich unzerstörbar?
Wo doch jeder weiß, dass
Eis schmelzen wird.
Eines Tages hat sogar Mutternatur bewiesen,
dass wenn man achtlos ist, einst existierendes Leben
langsam aber sicher aussterben wird.
Du hast dein inneres Kind aufgegeben,
den Hass anderer angenommen und selbst verkörpert.
Du hast sie bestärkt, indem du deinen Kampf aufgegeben hast.
Nun frage ich dich: Denkst du wirklich du wärst ein Krieger?
Wo doch ein Krieg ohne Hoffnung
nichts als der Tod ist.

- Denkst du wirklich ich fürchte mich vor dir, wo ich doch lebendig bin?

Karma ist nicht böse.
Du kannst eine Sache von ihr lernen,
denn ihre Lektionen sind von wichtiger Bedeutung.
Lass sie dich führen und dich daran erinnern, gut zu sein,
denn das Böse wird auf ewig seinen Preis haben.

- Karma wird dich stets finden

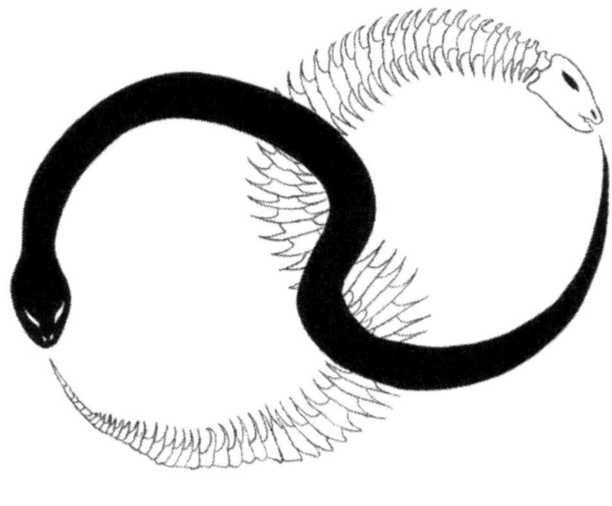

Ich habe zu viele liebende Herze abgewiesen,
denke dort hat alles begonnen.
Denke dies ist Karmas Art und Weise
mich mit finaler Weisheit zu belehren.

- Karma's Lektion

Die Sache mit Taten
ist, dass du sie nicht
rückgängig machen kannst.
Du hast deine ganz eigene
Willensstärke,
mit der du entweder noble Bereitschaft anspornen
oder unschuldige Schönheit zerstören kannst.
Du bist frei zu entscheiden.
Du kannst entweder gewinnen
oder verlieren.

- **Überdenke deine Taten**

Die Sache mit Worten
ist, dass du sie nicht zurücknehmen kannst.
Du bist im Stande
die schönsten Melodien zu singen,
welche sogar die hasserfülltesten Seelen heilen
oder aber
derart schiefe Töne zu produzieren,
welche sogar unschuldiges Glas zerstören können.

- Überdenke deine Worte

Wenn sie sich dreckig verhalten wollen,
dann lass sie.
Sie werden sich schuldig fühlen
und nicht du.

- In Liebe, Karma

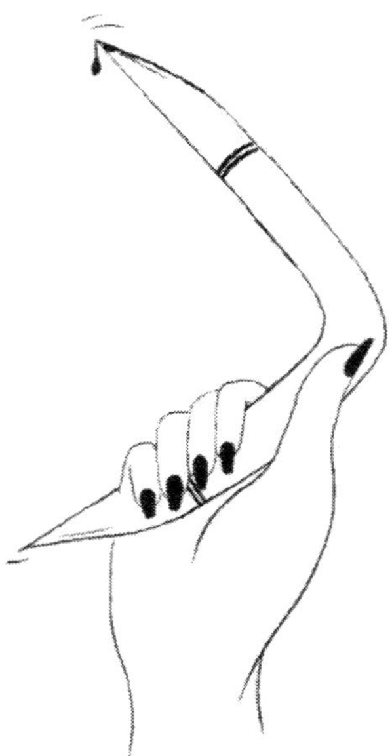

Karma ist ein Kreislauf
welcher besagt *du kriegst was du gibst*
und genau wie ein Kreis hat es keine wirkliche Richtung in die
es funktioniert.
Manchmal kriegen wir, was wir geben,
erst im Nachhinein.
Deshalb werden oft Opfer zu Tätern,
warme Herzen kalt
und gute Menschen schlecht.
Da Karma selbst auf
das Prinzip von Ursache und Wirkung basiert
ist es von Bedeutung schlechtes Karma zu bereinigen,
damit man gutes Karma erlangen kann.
Du bist das Zentrum deines Karmas
und es liegt an dir es zu ändern.
Lass nicht zu, dass du dich in einem
Teufelskreis verstrickst.
Erlöse deine Seele und
beende das Karma von Generationen.

- Du kannst jederzeit dein Karma ändern

Vergebe jedem
dafür, dass sie es zu der Zeit nicht besser wussten.
Vergebe jedem
dafür,dass sie das Falsche mit dem Richtigen verwechselt haben.
Vergebe jedem
dafür, dass sie dir nicht geben konnten was du gebraucht hast,
aber heute
nicht mehr benötigst.

- Du hast es überstanden

Vergebung
beinhaltet das Loslassen von etwas,
nicht nur das bloße Verzeihen.
Denn wenn du vergibst,
aber den Schmerz nicht loslässt,
ist es nur eine halbherzige Sache.
Um im Stande zu sein wirklich loszulassen,
musst du es an erste Stelle zulassen.
Erlaube dir selbst den Schmerz zu empfinden.
Habe keine Angst vor dem Feuer deiner Wut
in dem Wissen, dass du der Phoenix bist,
welcher von seiner eigenen Asche empor steigen wird,
in eine unzerstörbar Version deines
Selbst.

- Transformation

Sei unbesorgt
wunderschöner Krieger,
denn du wirst diese Welt verändern
sobald deine Transformation
vollendet ist.

- Steig auf Phönix

Ich weiß
du strebst nach dem Glück
und hast dich niemals für die Trauer entschieden.
Die Trauer hat dich gefunden,
doch sie war ein Segen,
verkleidet als Fluch.
Mit dem Willen dir das beste
Geschenk zu machen:
eine Lektion fürs Leben.
Drum fürchte dich nicht davor,
denn sie war nie dafür bestimmt zu bleiben.
Sie kommt alle paar Male um dich das Schlimmste zu belehren,
auf dass du nach dem Besten strebst.
Es füllt dich mit Nostalgie,
es reinigt dich mit Tränen der Reue,
es bricht dich auf dass du unzerstörbar wirst,
doch es war nicht dazu bestimmt zu bleiben.
Es ist dein Mondlicht,
ein Teilzeitliebhaber,
doch du bist das Sonnenlicht,
deine wahre Liebe

- Akzeptiere deine Trauer und geh weiter zu deinem Glück

Verliere dich selbst nicht
in deiner eigenen Trauer.
All diese Tränen werden
deinen Durst niemals stillen.
Lauf nicht weg
vor deiner eigenen Dunkelheit,
denn du wirst deinem Schatten nicht
entkommen
ehe du dich ihm stellst.
Du musst mutig genug sein
deine Dämonen zu konfrontieren
und dein eigener
Held sein.

- Rette dich selbst

Was dich wirklich verletzt
sind nicht die hasserfüllten Worte anderer,
viel eher ist es der Fakt, dass
dein Unterbewusstsein dem zustimmt,
wodurch wiederum deine Komplexe bestätigt werden.
Was verletzend ist, ist der Moment in dem deine
inneren Unsicherheiten von außen bestärk werden,
was wirklich wehtut und sicherstellt, dass diese sich festigen.
Jedoch musst du lernen, dich selbst zu lieben,
denn nur Menschen die Hass in sich haben, können dies
verbreiten.
Du aber hast Liebe in dir,
drum gebe dir selbst ein Stückchen davon.
Du verdienst es.

- Du bist wunderschön

Unsicherheit
ist kein Selbsthass.
Viel eher ist es eine andere Art der Selbstliebe,
manipuliert von dieser Gesellschaft, in der wir leben.
Menschen die nur Liebe in sich haben
können nicht verstehen warum man ihre Liebe nicht erwidert,
deshalb sind sie durstig nach Antworten,
welche sie mit ihren Tränen versuchen zu erlangen.
Auf der Suche nach Imperfektionen,
ihre eigene Individualität verurteilend,
nur um hineinzupassen.
Jedoch
warst du nie dafür bestimmt von jemand anderen
geliebt zu werden außer dir selbst.

- Du bist genug

Die Sache mit der Selbstliebe
ist, dass jeder damit geboren wurde
und doch verlieren wir es in dem Versuch
andere zufriedenzustellen.
In einer Welt der ständigen Vergleiche,
werden wir in Perfektionismus gedrängt. Nicht realisierend,
dass wir bereits perfekt sind, genauso wie wir sind.
Während unsere Augen die Ansichten anderer akzeptieren,
verlieren wir uns selbst in einem Schönheitsideal,
welches sich selbst kontinuierlich verändert.
Sich versuchen anzupassen,
nur um sich zu fragen wo die Farben geblieben sind
in einer Schwarz-Weiß Welt.
Frustriert durch den Mangel an Anerkennung anderer,
ohne zu begreifen, dass es
die eigene Essenz ist die fehlt.

- Du bist liebenswürdig

Ich bin nicht perfekt,
bin ein bisschen zu direkt.
Ich bin auch nicht die Schönste,
und ganz sicher nicht die Beste.
Meine Haut ist nicht wirklich rein
und manche finden mich sogar klein.
Ich habe Narben auf meiner Haut,
und bin des Öfteren ziemlich laut.
Ich lebe in meiner ganz eigenen Welt,
strebe etwas zu sehr nach dem Geld.
Ich brauche Jahre um zurück zu schreiben, wenn überhaupt,
doch bin im Notfall die, der man vertraut.
Denn ich hab ein großes Herz für meine Liebsten
und würde im Notfall alles bei Seite schieben.
Ich bin ziemlich tiefgründig und wirklich weise,
wahrscheinlich bin ich deshalb auch nie leise.
Ich verstecke meine Tränen nicht,
denn sie reinigen stets meine Sicht.
Meine Seele ist loyal und liebevoll,
ich habe keine Platz für deinen Groll.
Doch wenn ich dennoch nicht genug bin,
dann bist du frei zu gehen.
Denn ich bin nicht perfekt,
doch du wirst mich niemals fallen sehen.

- I'Mperfect

An mein jüngeres ich,
es tut mir unendlich leid,
dass ich dich aufgeben wollte,
nur weil ich nicht im Stande war, an dich zu glauben.
Es tut mir unendlich leid,
dass ich den Ritter in anderen gesucht habe,
nur weil ich nicht im Stande war, den Helden in dir zu sehen.
Es tut mir unendlich leid,
dass ich zu viel Energie in Energievampire investiert habe,
anstatt in das ganze Universum deines Verstandes zu investieren.
Es tut mir unendlich leid,
dass ich zu viele hasserfüllte Seelen geliebt habe,
anstatt die liebevollste Person die ich jemals kennenlernen werde:
dich.

- Du verdienst so viel mehr als du denkst

An alle Teenager,
es tut mir leid,
dass sie dir kein Verständnis entgegenbringen können,
obwohl sie selbst mal in deiner Situation waren.
Es tut mir leid,
dass sie versucht haben dich zu verstummen,
obwohl du doch versucht hast dich zu öffnen.
Es tut mir leid,
dass dir niemand den Weg gezeigt hat,
obwohl du dich verlaufen hast.
Doch lass mich dir eins sagen:
Veränderung kann angsteinflößend sein
und doch ist sie notwendig für deinen Wachstum.
Habe die Kraft deinen eigenen Rücken zu stärken,
auf dass du den selben Respekt erlangen magst,
den man von dir erwartet.
Wage es nach deinen langersehnten Antworten zu fragen,
auf dass du nicht in Ignoranz verbleiben musst.
Habe die Stärke dich selbst zu akzeptieren,
auf dass dein wahres ich sich niemals beugen muss.
Alles was du je benötigen wirst, ist bereits in dir,
da du das Zentrum deines eigenen Universums bist.
Vertraue auf die göttliche Ordnung,
dass alles zur richtigen Zeit zurecht fallen wird
und bis dahin wird deine einzige Aufgabe sein zu

- Überleben.

Helden, die denken sie seien durchschnittlich.
Die eigenen Kräfte begrenzen durch Selbstsabotage.
Einzigartige Blumen, in diesem Garten des Lebens.
Denken ihr Zweck sei es eine Ehefrau zu sein.
Reine Kreaturen, der Anfang und das Ende.
Begabt mit unendlicher Liebe zu schenken.

- Der Schmerz einer Frau

Die Sache eine Frau zu sein
ist, dass man versucht dir einzureden
wie Femininität auszusehen hat.
Als sei es etwas, dass man sehen kann und nicht fühlen.
Als sei es etwas biologisches und nicht göttliches.
Als sei es etwas, dass andere aus dir machen wollen und nicht wer du bereits selbst bist.

- Du entscheidest was feminin ist, niemand anderes

Eine Frau muss
den Anstand waren,
ihren Ruf um jeden Preis bewahren.
Eine vorzeige Tochter,
eine ideale Hausfrau sein,
am besten noch eine makellose Ehefrau obendrein.
Eine Frau muss so vieles,
doch ihr Wert wird klein gemacht.
Denn eine Frau als Führungsposition,
na das wäre doch gelacht.
Sie bezahlen schamlos Frauen, damit sie sich ausziehen.
Verwehren anderen Frauen den Lohn, wenn sie sich anziehen.
Seit wann entscheidet das Patriarchat was wir zu tragen haben,
wenn doch Frauen es waren, die gebärt haben alle Knaben.
Ich erhebe meine Stimme, selbst wenn ich dafür sterbe,
denn die Wahrheit ist:
Wir Frauen sind die ganze
Mutter Erde.

- Eine Frau muss gar nichts

Außergewöhnlich Perlen,
umhüllt von einer harten Schale, welche
ihren Wert beschützt.
Und doch
denkt manch ein oder anderer es sei merkwürdig,
wenn Frauen,
die kostbarsten Kreaturen von allen,
ihren Schmuck bedecken.

- Nicht für deine gierigen Augen gedacht

An jede Hijabi,
es tut mir so leid, dass sie denken, du seist unterdrückt,
bloß weil sie denken, es sei befremdlich wie du dich kleidest.
Es tut mir so leid, dass sie denken, du würdest deine Schönheit verbergen,
wo du doch weißt, Schönheit ist viel mehr als nur dein Hintern.
Dabei sollten sie es doch besser wissen,
anstatt dir vorzuschreiben, es abzunehmen,
denn wenn du dies tun würdest,
würden sie sich im Schatten gestellt fühlen.
Sie würden diese Aussage umgehend bereuen und sich wünschen
es zuvor verstanden zu haben.
Denn wenn sie es nötig haben sich zur Show zu stellen,
sollten sie dir erst recht danken,
da sie eindeutig weniger Konkurrenz haben
dank dir.

- Du bist die Schönste

An jede Frau,
du bist der Beginn der Liebe
und der Beginn des Lebens.
Sag mir,
wie kannst du weniger Wert sein,
als ein Mann, der
selbst aus einer Frau entsprang.
Wie kannst du dich selbst so klein machen,
wenn du doch wahrlich die Größte bist.
Wie kannst du dich denn definieren lassen,
wenn du doch wahrlich
das undefinierbare Wunder Gottes bist.

- Dein Wert ist unendlich

Hartnäckig bleiben, während man seine weiche Seite verbirgt.
Sich sorglos verhalten, während man sich auf seinen Stolz fokussiert.
Auf seinen Verstand hören, das Herz verstummen lassen.
Keine Pausen nehmen, stets bereit sein zum Start.
Sich hinter Mauern verlaufen, die man dir auferlegt hat.
Nicht offenbaren wer du bist, nicht erlaubt aufzugeben.

- Der Schmerz eines Mannes

Die Sache ein Mann zu sein
ist, dass man versucht dir einzureden
wie Männlichkeit auszusehen hat.
Als sei es etwas, dass man sehen kann und nicht fühlen.
Als sei es etwas biologisches und nicht göttliches.
Als sei es etwas, dass andere aus dir machen wollen und nicht wer du bereits selbst bist.

- Du entscheidest was maskulin ist, niemand anderes

Ein Mann muss
seinem Verstand gehorchen,
während man sein Herz verstummen lässt.
Seine Stärke unter Beweis stellen,
während man seine Tränen runterschluckt.
Eine Autoritätsperson sein,
sich nicht verführen lassen.
Die Initiative ergreifen,
keine Zeit verschwenden.
Seine Liebsten beschützen,
sich selbst außen vor lassen.
Als hätte das Herz keine Bedeutung,
als wäre Trauer ein Zeichen von Schwäche,
als dürfte eine Autoritätsperson sich keine Fehler erlauben,
als wäre Zeit von Bedeutung, wenn sie doch relativ ist,
als könnte man jemanden retten, wenn man sich selbst verliert.
Wo doch in Wirklichkeit ein Mann auch
nur ein Mensch ist.

- Ein Mann muss gar nichts

An jeden Mann,
es tut mir leid,
dass du in dem Glauben aufgewachsen bist,
Trauer sei Schwäche,
als ob Tränen deine Sicht nicht reinigen würden.
Dass du in dem Glauben aufgewachsen bist,
du musst für das kämpfen, was du willst,
als müsstest du Angst haben,
danach zu fragen.
Dass du in dem Glauben aufgewachsen bist,
unabhängig sein heißt allein sein,
als ob deine Herkunft
etwas anderes als Liebe sei.
Es tut mir so leid,
dass du in dem Glauben aufgewachsen bist,
deine Emotionen unterdrücken zu müssen,
bis du schließlich
den Ursprung deines selbst unterdrückt hast.

- Männer haben den selben Wert wie Frauen und das ist die wahre Bedeutung von Feminismus

Stets die eigenen Fähigkeiten in Frage stellen.
In einem Meer der Verantwortung ertrinken.
Zu dem Feind werden, den man eins verurteilt hat.
Seine Träume aufgeben während man einen Groll entwickelt.
Enttäuscht mit dem eigenen Sein, welches man nicht retten konnte.
Sich fürchten, nie gelebt zu haben, doch Angst davor haben mutig zu sein.

- Der Schmerz eines Erwachsenen

Die Sachen mit Nicht-Binarität
ist, dass du müde von Klischees bist.
Müde davon in eine Schublade gesteckt zu werden.
Müde davon andere bestimmen zu lassen, wer du zu sein hast,
als würde das irgendjemand besser wissen als du.
Es ist der Mut, dir deine eigene Kraft zurückzuholen,
um unabhängig zu bestimmen wer du bist.
Es ist das Selbstbewusstsein, für dich selbst einzustehen,
ganz gleich ob andere dich verstehen.
Es ist ein Kampf um die Freiheit der Seele, nach der
wir uns alle sehnen.

- Du sagst der Welt wer du bist, nicht andersrum

Die Sache mit dem Erwachsensein
ist, dass die Zeit schneller vergeht als wie erwartet.
Gestern warst du noch spielerisch am Leben
und heute erwartet man, dass du Verantwortung übernimmst.
Du warst so damit beschäftigt dich zu sorgen, dass du nicht
die warme Sonne genießen,
das erfrischende Wasser schmecken,
die aufregenden Stürme erleben konntest.
Alle schönen kleine Veränderungen,
welche dir zum Wachsen verholfen haben.
Bevor du es überhaupt realisieren konntest,
hast du dich bereits zu einer vollkommen Blume entfaltet,
von der nun erwartet wird zu blühen.
Man erwartet, dass du deinen Duft verbreitest,
während du dabei bist zu verwelken.
Man erwartet, dass du Schatten spendest,
während du dabei bist zu regnen.
Man erwartet, dass du standfest bist,
während man dich gleichzeitig zu pflücken versucht.

- Erwachsensein bedeutet nicht unbesiegbar geworden zu sein

Den Kopf über die Zukunft zu zerbrechen,
wird deine Gegenwart auch nicht ändern.
Du musst wissen, dass
zukünftige Probleme
deine Gegenwart nicht lösen wird.

- Geduld

Manchmal
gehst du kontinuierlich durch
einen Teufelskreis,
bis du das eigentliche
Muster dahinter erkennst.

- Befreie dich

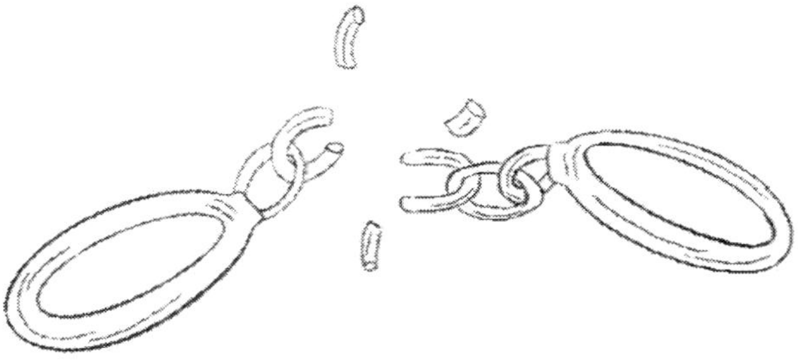

Die Sache mit den Drogen
ist, dass sie eine Form des Bewältigungsmechanismus ist,
indem man denkt, man wäre nicht im Stande,
die nüchterne Realität zu ertragen.
Jedoch
warst du ganz, lange bevor die Droge in deinem Leben kam.
Und du wirst nicht daran zerbrechen, wenn sie wieder geht.

- Du brauchst es nicht

In einer schlechten Stimmung,
ein Glas.
In einer guten Stimmung,
ein Glas.
Nun denke ich, ich würde euch alle lieben,
ein Glas.
Beginne meine Moral zu verlieren,
ein Glas.
Verrate alle meine Geheimnisse,
ein Glas.
Falle in Verhängnisse,
ein Glas.
Bin nicht mehr ich selbst,
ein Glas.
Werde zu einer Hure,
ein Glas.
Gehe ins Bett,
lache mit mir selbst.
Stehe morgens auf
und hasse mich selbst.

- Nur ein Glas

Erlaubt mir ein Gedankenexperiment durchzuführen.
Man stelle sich vor, ebenso viele sexuelle Interaktionen
wie eine Prostituierte im Durchschnitt gehabt zu haben,
mit dem einzigen Unterschied,
dass eine Prostituierte dafür bezahlt wurde.
Wie dem auch immer,
wird dir zum jetzigen Zeitpunkt
das Geld, das du als Prostituierte verdient hättest,
ausgezahlt.
Würdest du das Geld annehmen?

- Wie sich jemand entscheidet, sein Geld zu verdienen, ist nicht dein Business

An jede Autoritätsperson,
du pflanzt einige Samen,
welche in eine
völlig neue Generation wachsen werden.
Deine gegenwärtigen Taten
formen deine zukünftigen Resultate.
Sei vorsichtig mit deiner Energie,
sie wird zu dir zurückkehren.
Sie wird dich jagen
und wenn du es am wenigstens erwartest,
wird es entweder um dich herum blühen,
so dass dich der Geruch des Erfolges befriedigt
oder ein Sturm wird sich anbahnen,
welcher keine Entschuldigungen annimmt.

- Übertrage deine Liebe oder überhaupt nichts

An jede/n Erwachsene/n,
es tut mir so leid,
dass so viel von dir erwartet wird,
als ob dein Alter die Tatsache ändern würde,
dass wir alle immer noch Leid empfinden.
Es tut mir so leid,
dass man Antworten von dir erwartet,
die du selbst noch nicht gefunden hast.
Es tut mir so leid,
dass von dir erwartet wird ein Held zu sein,
wenn du dich nicht einmal selbst retten konntest.
Ich hoffe,
dass bei all der Kritik in dieser verurteilenden Welt,
du nicht auch noch streng mit dir selbst bist.
Dein Alter sagt nichts über dich aus,
denn du wirst in diesem Leben stets dazu lernen und wachsen.
Behandle dich nicht als fertiges Produkt,
eher als einen sich ständig verändernden Menschen,
der du bist.
Drum hoffe ich nur,
dass du am Ende die Enttäuschung nicht gewinnen lässt,
denn es verbittert dich und ehe du es merkst,
überträgst du deinen Hass auf andere, nur weil
du selbst nicht die Liebe bekommen hast,
welche du so dringend gebraucht hast.
Ich hoffe,
du beschließt dein eigener Held zu sein, auf dass du
die Liebe weitergibst, die du einst selbst dringend benötigt hast.

- Sei was du selbst benötigt hättest

Der Tempel unseres Lebens und unserer Liebe.
Ein Wunder vom Größten dort oben.
Ein Engel, mit dem wir gesegnet sind.
Der Grund, warum wir überhaupt leben.
Eine Kriegerin, die sich opfern würde,
damit du du selbst sein kannst.
Ein Kampf um die Liebe, mit der niemand konkurrieren kann.
Ein Akt der Liebe, den sie jedesmal aufs neue wiederholen würde.

- Der Schmerz einer Mutter

Mutter sein
bedeutet den Tempel deines Lebens zu verkörpern.
Dein erstes Zuhause und die Wurzel deiner Seele
für 9 Monate,
39 Wochen,
274 Tage,
6576 Stunden,
394560 Minuten
und 23673600 Sekunden.
Mutter sein heißt, alles für sein Kind zu tun.
Das Glück des eigenen Kindes über das eigene zu stellen
und wenn es hart auf hart kommt,
das eigene Leben zu geben,
für das seines Kindes.
Mutter sein bedeutet,
sich aus Liebe heraus zu opfern,
auf dass ein glückliches Leben entstehen kann.
Es ist das Erbe einer Mutter.
Es ist die Liebe von Mutter Natur.
Es ist der Segen Gottes.

- Mutter zu sein ist eine Ehre, der nicht jeder gewachsen ist

Mama,
erinnerst du dich als sie dir gesagt haben
ich sei gestorben.
Als sie dir sagten, dass es kein schlagendes Herz mehr gibt,
du solltest den Kampf aufgeben.
Als sie mich entfernen wollten
aus deinem Körper,
meinem Zuhause.
Als deine Liebe wusste, dass das nicht wahr sein kann.
Du wolltest, dass sie es noch einmal überprüfen.
Ein Wunder ist geschehen,
sie hörten mein Herz erneut schlagen.
Bemerkst du, dass Gott mich hätte behalten können,
aber er wollte, dass ich hier bei dir bin.
Denn dein liebendes Herz hat meins
wieder zum Schlagen gebracht.

- Deine Liebe ist mein Leben

An meine Mutter **Saide Kryeziu,**
Es tut mir von ganzem Herzen leid,
dass du deine Träume geopfert hast, damit wir groß träumen können.
Es tut mir von ganzem Herzen leid,
dass du deine Gesundheit geopfert hast, damit uns an gar nichts fehlt.
Es tut mir unendlich leid, dass du dein Leben gegeben hast,
damit du uns das bestmögliche Leben aller Zeiten ermöglichen kannst.
Alle Worte dieser Welt würden nicht reichen
um zu beschreiben, wie dankbar ich dir bin.
All die Liebe, die ich habe, würde nicht reichen,
um auch nur mit der Hälfte deiner Liebe zu konkurrieren.
Diese ganze Welt wäre nicht genug,
um alles zurückzuzahlen, was du uns so selbstlos gegeben hast.
Vergib meiner Zunge,
die respektlos war und nicht wusste, wie sie ihre Wut zurückhalten sollte.
Vergib meinen Augen,
die sich nach dieser Welt sehnten, anstatt nach deinen Frieden zu schauen.
Vergib meinen Beinen,
die dir nicht entgegengekommen sind, um dir die Arbeit zu erleichtern.
Vergib meinen Händen,
die zu träge waren, um deinen erschöpften Körper zu tragen.
Vergib meiner Seele,
dafür, dass sie aufgeben wollte,
nachdem du sie neun Monate lang zum Leben erweckt hast.
Vergib mir,
für all den Kummer, den ich dir bereitet habe.
Vergib mir,
für all den Schweiß, den du wegen mir vergossen hast.
Vergib mir,
für dein Leben, mit dem du mich wieder zum Leben erweckt hast.

- Du bist mein Atem, mein Herz und meine ewig währende Seele

Das Zuhause, dass jeden Sturm aushält.
Der Winter, der für dich warm sein wird.
Der Retter, der dich aus der Dunkelheit holt.
Der Krieger, der bereit ist, für dich zu kämpfen.
Der Anführer, der dir den Weg zeigt.
Der beste Freund, der immer bleiben wird.

- Der Schmerz eines Vaters

Ein richtiger Vater
ist jemand, der eine Familie gründet
und sich nicht nur um die Fortpflanzung kümmert.
Ein richtiger Vater
ist jemand, der erkennt,
dass seine eigene Familie seiner Liebe würdig ist
und er beschützt sie mit seinem ganzen Wesen,
ganz gleich was auch geschehen mag.
Ein richtiger Vater
ist standfest wie ein Fels, der alles zusammenhällt,
wenn ein Zusammenbruch unvermeidlich ist.
Ein richtiger Vater
ist die Ewigkeit,
die unseren Träumen keine Grenzen setzt.
Weshalb
ein richtiger Vater,
dich niemals verlässt.

- Vater zu sein ist eine Ehre, der nicht jeder gewachsen ist

An meinen Vater **Fadil Kryeziu,**
es tut mir von ganzem Herzen leid,
dass du deine Träume geopfert hast, damit deine Kinder groß träumen können.
Es tut mir von ganzem Herzen leid,
dass du deine Gesundheit geopfert hast, damit es uns an nichts fehlt.
Es tut mir von ganzem Herzen leid,
dass du deine Familie verlassen hast, um deiner selbstgegründeten Familie ein
besseres Leben zu ermöglichen.
Ich bin von ganzem Herzen dankbar, für deine müden Hände,
die uns sowohl in Deutschland, als auch in Kosovo
ein Dach über dem Kopf gegeben haben.
Ich bin von ganzem Herzen dankbar, für deine starken Beine,
die bewiesen haben, dass wenn du lang genug durchhällst,
du deine Ziele immer erreichen kannst.
Ich bin von ganzem Herzen dankbar, für deine unerschütterliche
Entschlossenheit,
die uns gezeigt hat, dass wenn du etwas wirklich willst,
du immer einen Weg finden wirst.
Ich bin von ganzem Herzen dankbar, für deinen edlen Respekt,
der uns gezeigt hat, dass ein Mann die gleichen Pflichten hat, wie eine Frau.
Ich bin von ganzem Herzen dankbar, für deinen einzigartigen Humor,
der unserem Zuhause eine erfrischende Harmonie schenkt.
Ich bin von ganzem Herzen dankbar, für deinen ausgezeichneten Geschmack,
wodurch du sogar viel besser als Mama kochen kannst und das ist
ein Statement.
Ich bin von ganzem Herzen dankbar, für dein treues Herz,
dass uns gezeigt hat, warum die Familie immer zusammenhalten sollte.
Ich bin von ganzem Herzen dankbar, für deine liebende Seele,
die mich so annimmt, wie ich bin und uns gezeigt hat, dass
bedingungslose Liebe wirklich alles überdauern kann.

- Du bist mein einziger König

Fremde werden zu deinen ewigen Gefährten.
Sollen dich beschützen und sich nicht als Fallen entpuppen.
Hinterlassen Fingerabdrücke, wo du noch unberührt bist.
Verleugnen dein Sein, wenn du zu viel erscheinst.
Sollen dein Heilmittel sein, wenn das Leben schmerzhaft wird.
Benehmen sich wie deine Wächter und merken nicht, dass
du der Engel bist.

- Der Schmerz einer Familie

Ein Elternteil
ist nicht nach Geschlecht definierbar,
weder biologisch.
Denn ein Elternteil ist eine Ehre,
die nicht durch Blut definiert wird,
sondern durch den Schweiß hinter
deiner harten Arbeit,
den Tränen hinter
deiner Stärke
und der Liebe
in deinem Herzen.
Das ist die wahre Essenz,
die du benötigst, um
Leben zu schenken.

- die Liebe einer richtigen Familie soll dich beleben und nicht töten

Zu viele Eltern
denken sie machen das Richtige,
aus Liebe zu ihren Kindern,
wenn sie in einer Beziehung bleiben, in der
keine Liebe vorhanden ist.
Vergessen jedoch, dass sie kein Beispiel für Zusammenhalt,
sondern das Akzeptieren bedeutungsloser Verbindungen sind,
nur weil man sich dazu verpflichtet fühlt.
Während Kinder mit der Zeit verstehen können,
warum ein Elternteil leider gefehlt hat,
können sie manchmal jedoch
die lieblose Kindheit, in der sie aufgewachsen sind,
niemals verzeihen.

- Die Ehe ist eine beispielhafte Liebe, die vorbildlich sein sollte

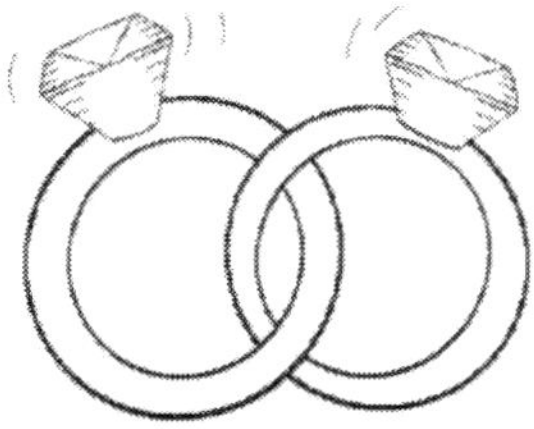

An alle Eltern,
eure Kinder
sind keine neue Chance,
sie sind ein neues Leben.
Du kannst sie nicht kontrollieren,
du sollst sie
führen.
Hört auf
eure Probleme auf Sie zu
übertragen,
stattdessen
sucht nach der Lösung in
ihrer Unschuld.

- Sei nicht wie deine Eltern

Die Sache mit der Familie
ist, dass die Leute annehmen, dass es durch Blut hergestellt wird.
Als ob die Familie nicht
mehr als das ist,
als ob es bei der Familie, nicht um Liebe geht,
sondern DNA.

- Eine Familie sein ist eine Ehre, der nicht jeder gewachsen ist

An meinen Verwandten und Bekannten,
danke, dass ihr mir gezeigt habt, wie eine Familie nicht sein sollte.
Ihr habt alle sehnsüchtig darauf gewartet, dass ich Fehler mache,
um sie meinen Eltern vorzuwerfen.
Ihr habt mir nie Liebe gegeben, sondern immer nur Schuld.
Ihr habt mir alle ein schlechtes Gewissen gemacht wegen meines
anders schlagenden Herzens,
dass sogar euch hasserfüllten Seelen geliebt hat.
Ich war in meinem ganzen Wesen immer ehrlich,
deshalb fühlte sich eure heuchlerische Natur bedroht.
Ihr hattet Angst, dass eure Schlösser, die auf Lügen basieren,
durch meine Ehrlichkeit zusammenbrechen könnten,
so dass ihr das Bedürfnis hattet, mich zu brechen.
Ich war die Verkörperung von Träumen, die ihr nicht realisiert habt,
so dass ihr es für nötig gehalten habt, meine in Alpträume zu wandeln.
Ihr habt mich alle dermaßen verletzt, da Ihr nicht nur mich,
sondern auch meine Eltern verurteilt habt.
Ihr habt euren Hass an sie weitergegeben,
bis auch sie mir den Rücken gekehrt haben.
Ich war ein unschuldiges kleines Mädchen, das verwirrt war, warum
ihre Familie sich als ihr größter Feind entpuppte.
Ihr habt mich derart einsam fühlen lassen,
dass ihr der Beweis dafür wurdet, warum
eine Familie nicht durch Blut definiert wird, sondern durch Liebe.

- Ihr habt diesen Titel nie verdient

An meine Familie,
es tut mir von ganzem Herzen leid,
dass ich euch alle nicht geschätzt habe.
Als Kind siehst du vieles als selbstverständlich an,
was eigentlich ganz und gar nicht selbstverständlich ist.
Erst mit dem Alter habe ich
den wahren Wert der Familie verstanden.
Ihr habt mich großgezogen,
habt mich gefördert
und mich aufgefangen, als ich fiel.
Eure Liebe hat bewiesen, warum
es Liebe ist, die eine Familie ausmacht.
Doch genetisch mit euch verbunden zu sein,
verleiht dem Wert der Familie eine magische Note.
Ich genieße jedes harmonische Beisammensein,
in dem ihr uns von unseren Vorfahren erzählt.
Ein Stammbaum, der nicht nur Geschichten zu erzählen hat,
sondern über ganze Märchen berichtet.
Ihr habt euer ganzes Leben darin investiert
weitere Leben zu schaffen.
Ihr habt unser Zuhause aufgegeben,
um zukünftigen Generationen das Träumen zu ermöglichen
und doch habt ihr zugleich gezeigt,
dass Zuhause überall sein kann, wo die Familie ist.
Eure Visionen haben mich wahrlich zu einer Visionärin gemacht.

- Gesegnet

An meine Schwester **Alina Kryeziu** aka **Juiclyn,**
es tut mir von ganzem Herzen leid,
dass du so viel von deiner Kindheit opfern musstest,
da alle Aufmerksamkeit auf mein Überleben gerichtet war.
Es tut mir von ganzem Herzen leid,
dass ich dir nicht die große Schwester sein konnte, die du brauchtest,
stattdessen musstest du mir eine große Schwester sein.
Es tut mir von ganzem Herzen leid,
dass du viel zu früh lernen musstest, auf eigenen Beinen zu stehen,
anstatt dass ich dir vorbildlich den Weg zeige.
So sehr ich will kann ich die Vergangenheit nicht ändern,
dennoch bin ich überzeugt, dass alles so kommen musste.
Ich bin sicher, dass die Lasten, die dir auferlegt wurden, passiert sind
weil Gott immer wusste, dass du sie meistern kannst.
Obwohl es dir sicher mehr als schwer fiel,
hat es dich zu dem Diamanten geformt, der du schon immer warst.
Ich habe immer zu deinem Mut aufgeschaut,
der dich von nichts und niemandem abschrecken lässt.
Ich habe immer zu deinem Selbstwertgefühl aufgeschaut,
der dich schon immer zu einem eigenen Helden gemacht hat.
Ich habe schon immer deine Talente bewundert,
vor allem deine atemberaubende und einzigartige Stimme.
Ich habe deine gesamte Existenz schon immer respektiert,
da sie dich schon immer als Superstar ausgezeichnet hat.
Ich bin unglaublich stolz auf die wundervolle Frau, die du geworden bist.
Es ist mir mehr als eine Ehre deine Schwester sein zu dürfen.
Ich bin für immer dein Nummer eins Supporter und gleichzeitig
deine allerbeste Freundin.
Ich werde dich für immer und ewig lieben.

- Wir gegen den Rest der Welt

An meine Schwester **Elona Kryeziu,**
es tut mir von ganzem Herzen leid,
dass du die Pflichten einer Tochter erfüllen musstest,
während wir damit beschäftigt waren zu träumen.
Es tut mir von ganzem Herzen leid,
dass du dich im Stich gelassen gefühlt hast,
während wir Abenteuer erlebt haben.
Es tut mir von ganzem Herzen leid,
dass du dich nicht als Teil von uns gefühlt hast,
während wir Freunde anstelle der Familie bevorzugten.
Sie sagen, aller guten Dinge sind drei und
du bist wirklich die perfekte Krönung einer Schwestern-Trilogie.
Ich bin unendlich stolz auf dein Verantwortungsbewusstsein,
wodurch du unseren Eltern mehr gibst, als wir es jemals könnten
Ich bin unendlich stolz auf dein Selbstbewusstsein,
dass dich zur idealen Anführerin macht.
Ich bin unendlich stolz auf deinen edlen Charakter,
der bewiesen hat, wahre Schönheit kommt wirklich von innen.
Ich bin unendlich stolz auf deine gesamten Existenz,
die dich schon immer zum Vorbild gemacht hat.
Ich bin für immer dein Nummer eins Supporter und gleichzeitig
deine allerbeste Freundin.
Ich werde dich für immer und ewig lieben.

- Wir gegen den Rest der Welt

An meinen Bruder **Semi Kryeziu,**
die besten Dinge kommen wahrlich,
wenn du sie am wenigsten erwartest.
Niemand hat dich kommen sehen,
doch du wurdest zu unserem größten Geschenk.
Deine kindliche Kreativität zeigt,
dass du voller Potenzial bist
und es ist mir eine Ehre, dich diesbezüglich ermutigen zu können.
Deine Unschuld hat uns allen gezeigt,
dass niemand schlecht geboren wird.
Es ist diese Welt, die einen schlecht werden lässt.
Deine Naivität ist echt beneidenswert,
denn sie lässt dich so sorglos erscheinen.
Es ist fast beängstigend, einen Engel, wie dich,
in eine der Art gefährliche Welt laufen zu lassen,
doch ich weiß, dass auch du deinen Weg finden wirst.
Es wird nicht immer einfach sein,
aber eins solltest du wissen:
Du wirst nie alleine sein.
Ich bin für immer dein Nummer eins Supporter und gleichzeitig
deine allerbeste Freundin.
Ich werde dich für immer und ewig lieben.

- Wir gegen den Rest der Welt

Ich frage mich, ob du aus dem Nichts anfängst zu lächeln,
während ich in Gedanken an dich lächle.
Ich frage mich, ob du meine Liebe fühlst,
während mein Herz von dir überwältigt ist.
Ich frage mich, ob du meinen Kuss fühlst,
während ich dich in meinem Bett fühle.
Ich frage mich, ob du die Schmetterlinge fühlst,
während ich dich in meinem Kopf sehe.
Ich frage mich, ob du mir sagen willst,
ebenso sehr wie ich, dass
Babe
Ich sterbe nur um zu leben,
mein Leben mit dir.

- Der Schmerz der Liebe

Ich war ein Ozean voller leerer Tränen.
Ich war ein gebrochener Verstand voller Ängste,
aber in dem Moment, in dem ich die Liebe aufgegeben habe,
wurde ich von dem Größten dort oben erhört.
Er hat mir meine Dualseele als Zeichen geschenkt,
um zu beweisen, dass sein Plan besser ist als meiner.
Eine Liebe, die du aus Kinofilmen kennst.
Zwei Seelen vereint zur liebevollen Schönheiten.
So viele Emotionen und so viel Schmerz.
Eine Liebe mit etlichen Lektionen zu gewinnen.
Eine Bindung, mit der niemand jemals konkurrieren könnte.
Eine Sünde, die ich für immer und ewig
wiederholen würde.

- Ich liebe dich

Du und ich sind wie das Meer und der Himmel.
Derart erstaunlich, dass man meint high zu werden.
Ich fange deine Tränen auf, während du mir Licht gibst.
Ich ertränke deine Dämonen und du gewinnst den Kampf.
Füreinander zu sterben um miteinader zu leben
ist eine Seelenverpflichtung, nicht bis zum Tod, sondern
für immer.

- Achtes Wunder

Kein Grund zur Eifersucht.
Babe, wir schwimmen mit dem Strom.
Es herrscht absolute Ehrlichkeit,
aber wenn du es genau wissen willst:
Was mir ins Auge fällt,
ist das, was ich bewundere,
doch was mein Herzen berührt,
ist das, was ich wirklich begehre.

- Du

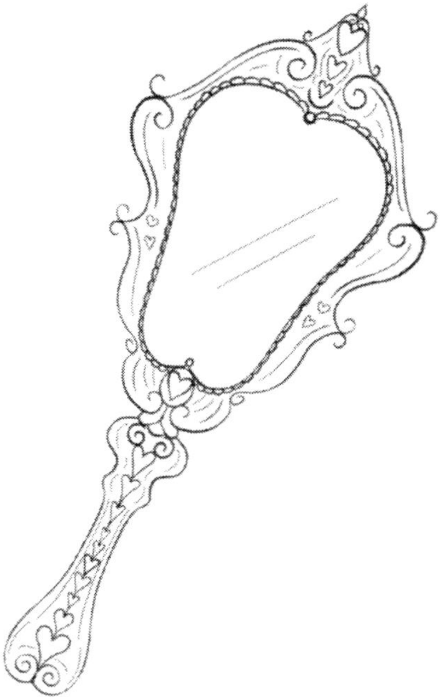

Du zeigst ein kleines bisschen Liebe, derart fein.
Ich weiß, du hast Angst davor dich zu öffnen.
Ich sterbe, um dir meine zu zeigen,
aber die Angst überkommt auch mich.
Ich halte meine Liebe zurück, damit du erkennst,
dass es ein Geben und Nehmen ist, welches
uns formt in wir.

- Unser Opfer der Liebe

Ich sehe dich vierundzwanzig sieben am Arbeiten.
Ich weiß du bist in der Hölle, anstatt im Himmel.
Eine große Träumerin, gefangen in einer falschen Gesellschaft.
Eine einsame Seele, feststeckend in einem Spiel der Popularität.
Versuchst dein Bestes, um jemand zu sein, der du nicht bist
und dennoch kannst du es ihnen am Ende nicht recht machen.
Sie sehen die ganze Anstrengung, die es dich kostet, nicht.
Sie sehen nicht, dass dein Lächeln aufgesetzt ist.
Sie wissen nicht einmal, wie schwer es für dich ist.
Sie können sich nicht einmal vorstellen,zu was du alles fähig bist.
Ich wünschte, ich könnte dich aus dieser Hölle entführen.
Ich würde alles tun, damit es dir gut geht.
Ich möchte deine Hand halten und sie niemals loslassen.
Ein glückliches Leben führen, als ob es die größte Show wäre.
Die Welt und jeden Winkel erkunden.
Alles notwendige tun, damit du dich ein bisschen lebendig fühlst.
Dich trösten und in den Schlaf kuscheln.
Aufwachen und erkennen, dass es diese Möglichkeit gibt.
Ich werde dir den Himmel runterholen, dich zu meiner machen.
Ich verspreche, eines Tages wird alles gut.
Wir werden es schaffen für immer und ewig.
Schritt für Schritt, wird alles besser.

- Träumen

Lass nicht zu, dass andere uns runterziehen.
Lass unsere Liebe, unsere Krone sein.
Lass uns zum Göttlichen aufsteigen.
Ich gehöre dir,

- Kannst du meine sein?

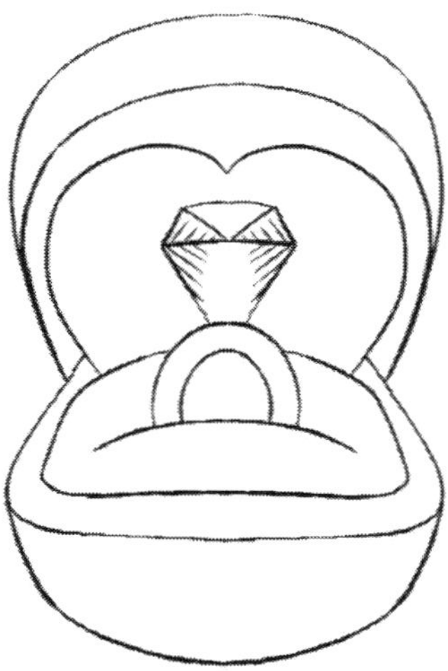

Bestrafe mich nicht für den Hass in den Herzen anderer.
Gib mir nicht die Schuld, nur weil ich gestehe
dich als Liebhaberin zu wollen.
Wage es nicht, meine Liebe zu dir in Frage zu stellen.
Verstecke nicht den schweren Schmerz, den du durchleidest.
Lass mich das Heilmittel gegen tückische Stiche sein.
Lass mich die Eine sein, im Vergleich zu den Schlangen.
Lass mich deine Seele mit meinem einen Leben beschützen.
Lass uns zusammen wachsen, lass mich sein

- Deine Frau.

Ich möchte das du zuhörst ohne unhöflich zu sein.
Ich möchte, dass du redest, aber du scheinst stumm zu sein.
Ich möchte, dass du fühlst, was ich für dich empfinde,
jedoch es gibt nichts, was du bereit bist zu tun.

- Mühelos

Du hast meinen bedürftigen Schmerz genommen
und es in meinem Verstand gesperrt,
ohne ein schlagendes Herz
um es von Anfang an zu schützen.

- Der Austausch unserer Herzen

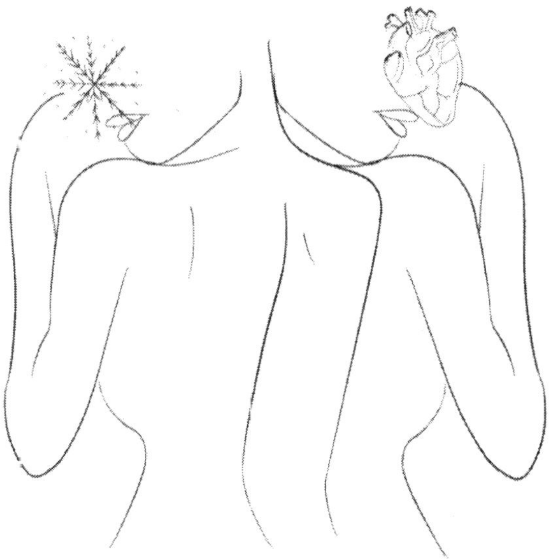

Ich habe dieses Spiel so satt.
Es fühlt sich an, als ob nichts ist, wie es mal war.
Warum kannst du nicht mit mir reden?
Warum kannst du dich mir nicht öffnen?
Was stört dich?
Sag mir, was ich tun kann,
damit es dir gut geht,
bevor wir uns aus den Augen verlieren?
Warum können wir nur in der Ferne
tatsächlich unsere Existenz wahrnehmen?
Du bist so nah und doch so fern,
wie eine seltene Sternschnuppe.
Wunderschön und so schnell weg,
als ob es nie eine Vergangenheit gegeben hätte.
Ich frage mich, ob du auf mich wartest,
um dir zu sagen, was wir alles sein könnten.
Siehst du nicht, dass ich darauf brenne es dir zu sagen?
Ich bin bereit für die Liebe, ich will dich meinen Schatz nennen,
aber es gibt keine einzige Bemühung, die du bereit bist zu tun.
Viel eher scheint es so, als ob du dich veränderst,
weil ich keine Antworten erhalte.
Wenn du mich nicht willst, sag mir einfach ich soll gehen.
Sprich mit mir, sag mir was los ist, Babe.
Gibt es da etwas oder nur ein vielleicht?

- Fragen

Nur weil
du nicht über deine Gefühle sprichst,
heißt das nicht, dass du
meine verstummen sollst.
Nur weil
dein Herz aus Eis ist,
heißt das nicht, dass du
meins einfrieren sollst.

- Du machst mich kalt, doch der Prozess schmerzt wie das Höllenfeuer

Wie oft
musst du mich noch ignorieren,
bis ich endlich verstanden habe,
du willst nicht reden.
Wie oft
musst du mich noch verlassen,
bis ich endlich verstanden habe,
du wirst nie bleiben.
Wie oft
musst du mich noch im Dunklen lassen,
bis ich endlich merke,
du bist nicht das Licht.
Wie oft
musst du mir mein Herz noch brechen,
bis ich endlich einsehe,
du liebst mich nicht.

- Wie viel Schmerz benötigst du, um zu lernen?

Es war niemand anderes, außer mir,
die dich tief im Inneren unwissentlich auserwählt hat,
anstelle aller anderen.
Es war niemand außer mir,
die dich zur Hübschesten gemacht und
blind für alle anderen wurde.
Es war niemand außer mir,
die dir ein Zuhause in mir gemacht hat,
den niemand anderes außer dir finden kann.
Es war niemand außer mir,
die dich zu meiner Nummer eins gemacht hat und
plötzlich vergessen hat, zu zählen.

- Wie könnte ich dir nicht treu sein, ohne mich selbst zu verraten?

Vielleicht
bin ich der Art besessen von Loyalität,
denn allein der Gedanken daran,
dich zu verlieren, macht mich bereits traurig.
Vielleicht
vermassle ich es deshalb, bevor es hätte beginnen können,
denn ich fürchte, dass eines Tages,
meine Liebe mich verlassen wird.

- Placebo-Effekt

Wie konntest du mir so etwas antun,
als wäre ich nur ein weiteres Lied,
welches du auf und ab spielen kannst, wann immer du willst,
bis du dich daran gewöhnt hast und es gar nicht mehr magst?

Wie konntest du mir sagen, dass du mich liebst,
während ich nicht die einzige war, die du gesehen hast?
Wie konntest du denken, dass es gut wäre,
andere Beine zu spreizen, als wären sie meine?

Wie konntest du denken, deine Popularität
würde mich jemals dazu bringen, dich mehr zu verehren,
wo du mir doch dadurch schmerzhaften Wahnsinn gegeben hast,
indem du mich wie eine weitere deiner Huren fühlen lassen hast.

- Betrug

Ist es nicht ironisch,
wie du mir deine Popularität gezeigt hast,
als wäre ich deiner nicht würdig?
Dabei bist du diejenige, die
das Feuer der Eifersucht nicht löschen kann.
Ist es nicht ironisch,
wie du alle glauben lassen hast, du würdest dich selbst lieben,
außer mich?
Dennoch fühlst du dich unwohl wenn ich dir sage:
Liebe dich zuerst.
Ist es nicht ironisch, dass ich dir gesagt habe,
du bist mein Leben,
als ob ich ohne dich sterben würde?
Dabeie lebe ich weiter,
während du stirbst,
ohne meine Liebe.

- Dein Verlust

Daisy, oh Daisy,
du hast dein Spiel zu weit getrieben.
Du liebst mich,
du liebst mich nicht,
bis das letzte bisschen Liebe ist vertrieben.

- Das Spiel ist aus

Und wenn sich unsere Wege spalten,
wir noch einen Moment inne halten,
hören wir das Brechen unserer Herzen,
unsere Beine vom zittern schmerzen.
Ich dachte du wärst rebelisch
und doch bist du so still.
Ich bin ebenfall nicht im Stande zu sagen,
dass ich dich brauche und will.
Noch immer sagt niemand ein Wort
und ganz plötzlich bist du auf ewig fort.

- Trennung

Babe, wie fühlst du dich, geht es dir immer noch gut?
Ich habe das Gefühl, du wirst missverstanden.
Babe, kannst du mich fühlen, bist du immer noch da?
Ich habe das Gefühl, dein Leben ist nicht wirklich fair.
Ich fühle die Tränen dein Gesicht entlanglaufen.
Ich weiß, du fühlst dich am falschen Ort geboren.
Ich weiß, die Dinge liefen nicht wie geplant,
doch ich werde deine Hand niemals loslassen.
Du bist meine Dualseele, du bist so stark.
Bitte denk nicht zu lieben wäre falsch.
Du bist mein Engel auf Erden, in der Lage zu fliegen,
weit weg von den Problemen und hinauf zu den Sternen.
Gott hat schon einen Plan, Er macht keine Fehler.
Alles wird gut, du benötigt lediglich eine Auszeit.
Höre auf dein Herz, denn es weiß was zu tun ist.
Lass nur nicht zu, dass man dich respektlos behandelt.
Sie wissen nicht, was Liebe bedeutet, nicht mal ansatzweise.
Fühl dich nicht schuldig, für wer du wirklich bist.
Denk an alles, was du bislang gemeistert hast.
Du bist ein Stern mit der Bestimmung zu scheinen.
Gott hat dich erschaffen, du bist perfekt wie du bist.
Babe, du kannst das schaffen, ich glaube an dich.
Dich selbst zu lieben ist was du tun musst und solltest.
Nimm dir alle Zeit der Welt, lass mich dich gewinnen sehen,
denn dich glücklich zu sehen ist alles was ich brauche.

- Du packst das

Ich verstehe deine Wut, bitte respektiere meine Tränen.
Ich bin doch auch nur ein Mensch, habe auch Ängste.
Ich hatte sowas wirklich noch nie zuvor gehabt,
warum denkst du immer noch ich sei eine Hure?
Vielleicht wolltest du, dass ich den ersten Schritt wage,
doch ich war sprachlos durch diese enorme Anziehung.
Ich hab es versucht, doch war nicht im Stande dir zu sagen:
Du bist alles was ich brauche und ich bin verliebt in dich.
Doch wir hatten Probleme mit der Kommunikation
und Angst vor einer wirklichen Zusammenarbeit.
Meine Seele ist noch immer schockiert, weint Tag für Tag.
Ich hätte dir sagen sollen, dass ich will, dass du bleibst.

- Reue

Ich weiß dein Herz ist am Zerbrechen,
doch bitte geh nicht fort.
Vielleicht ist es nur deshalb am Schmerzen,
weil es tief im inneren will

- Bleiben.

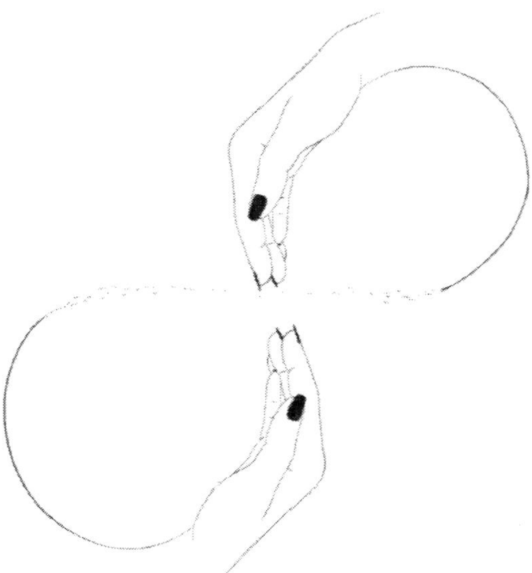

Sie hat mich verlassen, anstatt mich festzuhalten.
Sie hat sich gefragt, warum ich nicht gekämpft habe.
Sie hatte genug, in bloß einer einzigen Nacht.
Sie verließ meine Dunkelheit, für ihre Pracht.

- Manche bevorzugen die Sonne, anstelle des Mondes

Ganz plötzlich,
ist alles vorbei.
Du erinnerst dich nicht mehr an den letzten Kuss,
die letzte Umarmung,
die letzte Berührung.
Es ist schwer, sich an das letzte Mal zu erinnern,
denn du warst im Glauben, es würde nie enden.
Wenn du zurückblickst,
ist alles, was du dir wünschst, zumindest
ein wirkliches Ende.
Ein ehrliches letztes Mal,
doch du bekommst es nicht.
Du bist gezwungen, nach vorne zu blicken,
während die schmerzvolle Sehnsucht dich nicht loslässt.
Die Sehnsucht nach einem richtigen letzten Mal.
Eins, woran du dich erinnern kannst.
Eins, dass dir nicht auf der Seele brennt.
Eins, dass dir endlich den Frieden schenkt,
das Buch zu schließen.
Stattdessen,
wurdest du mit gar nichts zurückgelassen, außer
Erinnerungen, die langsam aber sicher
verblassen.

- Angst dich zu vergessen

Ich hab Angst dich zu vergessen.
Meine Liebe zu dir hat mich ins Koma gebracht
und ich habe Angst in die Realisation aufzuwachen,
dass deine Hand bereits vor einer langen Zeit
losgelassen hat.

- Noch immer am träumen

Kannst du es mir übel nehmen,
dass ich nicht aufwachen will.
Mich dazu entscheide, weiter zu träumen,
anstatt aufzuwachen in einem
Alptraum.

- Gefangen in einer Illusion

Ich habe Angst davor dich loszulassen,
denn auch wenn ich weiß, dass
ich in der Lage dazu wäre,
sträube ich mich mit all meinem Sein dagegen,
denn ich habe Angst davor zu realisieren, dass
sogar meine Versprechen, unter bestimmten Bedingungen,
brechen können.
Und wenn das passieren wird,
was wird dann der Wert eines Versprechens sein?

- Verblassende Versprechen

Versprechen sind wie Sand,
unter bestimmten Bedingungen,
können sie standfest sein
und doch unter bestimmten Bedingungen,
kann sie einfach fortgeweht werden.

- Nicht zuverlässig

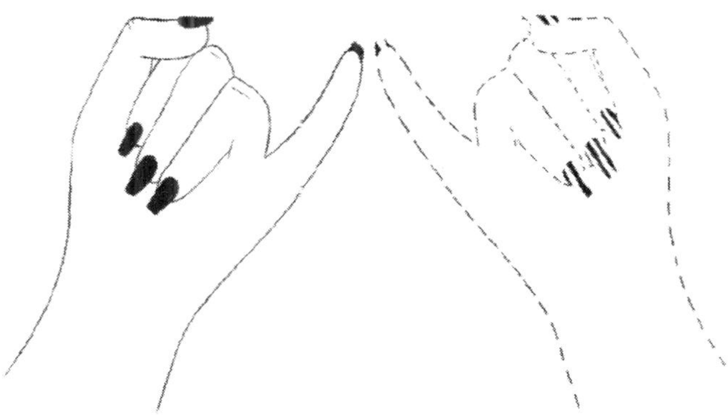

So liebevoll wie der Frühling,
ließt du mich auf Wolke sieben schweben.
So leidenschaftlich wie der Sommer,
brachtest du Licht in mein Leben.
So unerwartet wie der Herbst,
fingst du an kalt zu werden
und so gnadenlos wie der Winter,
ließt du meine Liebe sterben.

- Deine vier Jahreszeiten

Was wir hatten,
war nicht erklärbar in deinen Augen und doch Liebe in meinen.
Wir waren glücklich, bis ich mich dazu entschied es zu benennen.
Wir waren glücklich, solange niemand offiziell partizipiert hat.
Wir waren glücklich, bis ich für immer glücklich sein wollte.
Es mag abschreckend sein,
etwas zuvor unbekanntes, in einer großen Schublade der Liebe zu stecken.
Es mag abschreckend sein,
die Zukunft zu planen, während man noch immer in der Gegenwart steckt.
Es mag abschreckend sein,
etwas namenloses auf ewig haben zu wollen.
Jedoch
habe ich eigentlich um nichts gebeten, was wir nicht bereits hatten.
Eigentlich, habe ich lediglich mein eigenes Empfinden benannt.
Eigentlich, wollte ich doch nur das Gute bewahren in der Hoffnung es würde
kein Ende haben.
Vielleicht
hätte ich es nicht benennen sollen, ehe du es für dich selbst klar haben konntest.
Vielleicht
hätte ich niemanden darin einweihen dürfen, ehe du dir sicher sein konntest.
Vielleicht
hätte ich mich nicht nach für immer sehnen sollen und stattdessen
die Gegenwart genießen sollen.
Wenn ich die Zeit zurückdrehen könnte,
würde ich sagen:
Nenn es Liebe,
nenn es Freundschaft,
nenn es was auch immer du denkst es sein würde,
nur wisse, dass es das ist was mich glücklich macht,
dass du die bist, die ich einfach nicht will
verlieren.

- Was wäre wenn

Hab ich dich getötet,
indem ich dir meine Gefühle offenbart habe?
Habe ich dich getötet,
indem ich dir mehr Liebe gab,
als das dein kleines Herz ertragen konnte?
Hab ich dich getötet,
indem ich versucht habe, dich zu formen,
so dass du in den Schuh der Liebe passt?

- Asche

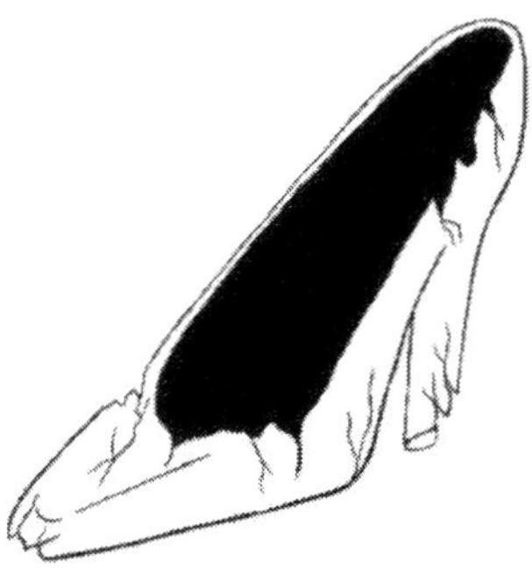

Du bist weggerannt,
vor meinen Gefühlen, welche ich dir mutig offenbarte,
während du deine zu einem Geheimnis machtest.
Ich frage mich,
ob es meine Ehrlichkeit war, die deine Lügen getriggert hat,
so dass du dich gezwungen sahst, davon zu laufen.
Ich frage mich, was für ein einsames Leben du wohl führst,
ständig im Kampf mit dir selbst,
unterdrückst all deine Emotionen,
schluckst all deine Tränen runter,
gibst vor, es sei ein Zeugnis wahrer Stärke,
wo doch der einzige Kampf, den du zu gewinnen glaubst,
gegen niemand anderen, als dich selbst ist.
Dabei erfordert es wahre Stärke
der ganzen Welt die Stirn zu bieten, als
eine Ein-Mann-Truppe.

- Wir sind nicht gleich

Ich gab dir alles, was ich hatte.
Ich gab dir meinen letzten Cent.
Selbst als ich gar nichts hatte,
fand ich stets einen Weg, um dir entgegen zu kommen.
Ich war bereit, der ganzen Welt die Stirn zu bieten,
nur um sie dir zu Füßen legen zu können.
Selbst wenn wir mit leeren Händen dastehen würden,
wäre ich dennoch die glücklichste Frau der Welt,
solange wir zusammen sind.
Ich war bereit, dir einfach alles zu geben,
jedoch
wolltest du nichts davon.
Nicht einmal meine Liebe konnte dich umstimmen.
Ich habe nie verstanden weshalb,
bis ich realisiert habe, dass es nicht ich war, sondern
du, die nicht bereit dafür war.

- Überwältigt

Nachdem du mich mit derart vielen Fragen zurückgelassen hast,
fange ich an, die Wahrheit zu erkennen.
Du hast mich nie wirklich geliebt.
Du hast nie gesehen, wie sehr ich falle.
Du hast nie nach meiner Geschichte gefragt,
vielleicht haben dir Geheimnisse besser gefallen.
Du hast nur die Wand um dich herum gesehen,
dachtest ich wäre auch gerne alleine.
Ich frage mich, ob du mich überhaupt jemals gekannt hast
oder ob du es bevorzugst die Dinge klein zu halten.
Du hattest viel zu viel Angst vor Bindungen.
Bevorzugst den Körper über die Seele, kümmerst dich nur um die Berührung.
Du hast mir viel zu oft unrecht angetan.
Ich konnte deine Seele nicht dazu bringen weich zu werden.
Ich hasse die unerwartete Art, wie du kalt geworden bist.
Ich hasse die schönen Lügen, die du immer erzählt hast.
Ich hasse es, dass du mich egoistisch weggestoßen hast.
Ich hasse es, dass du nicht wolltest, dass ich bleibe.
Ich hasse es, wie dein für immer und ewig,
sich verwandelte in `Ich habe dich noch nie geliebt`,
aber was ich an dieser Tragödie am meisten hasse ist,
wie du aus der Liebe eine Krankheit gemacht hast.
Ich dachte, du würdest mich lieben, egal was passiert,
aber in der letzten Zeit hast du dich offensichtlich sehr verändert.
Ich frage mich nur, warum du uns aufgegeben hast.
Ließt mich mit so vielen Zweifeln allein.
Sag mir, war das alles ein Spiel für dich?
Denn ich habe dich wirklich geliebt und
tu es noch immer.

- Viele Fragen

Ich habe alles riskiert.
Ich wusste, was ich wollte.
Es warst immer du.
Meine Liebe zu dir ist stärker als die Angst,
deshalb hatte ich auch keine
Angst es zu zeigen.
Ich habe dich völlig abgeschreckt,
als würden laut ausgesprochene Gedanken
schwerer werden.
Dabei haben sie mich befreit,
wohingegen du nicht nur
mich hast abgewiesen,
sondern auch deine eigene Wahrheit.
Deine unausgesprochenen Worte
wurden zu deinem Gefängnis,
wohingegen ich endlich frei war
weiterzugehen.

- Ich habe Antworten, du hast Fragen

Ich hab dir so viel zu sagen.
Will dich eigentlich nur fragen:
Hast du nicht an uns geglaubt?
Hast du uns denn nicht vertraut?
War es das wirklich alles Wert
und was hast du daraus gelernt?
Hat die Liebe dich enttäuscht
oder hast du dich getäuscht?
Sollte ich deshalb meinen Schmerz verstecken,
weil meine Tränen die Schuld in dir wecken?

- Schuld

Als wir erkannten, dass wir Dualseelen sind,
bekamen wir Angst davor, Spielchen zu spielen.
Zu jung um zu begreifen, dass wir eins sind.
Zu naiv um zu bleiben, was eine schöne Schande.

- Brennen für die Liebe

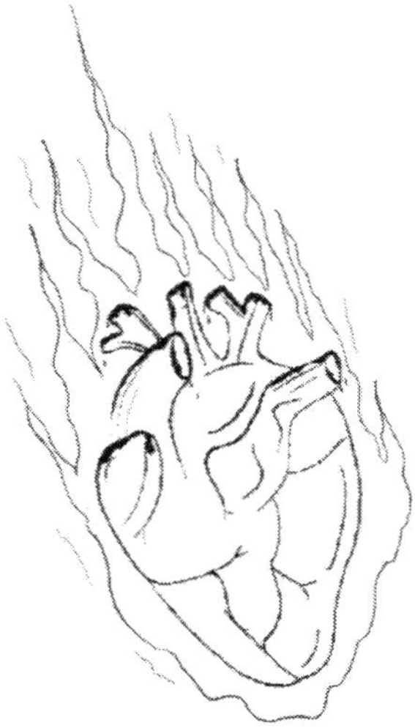

Du hast mich gehen lassen,
weil du deinen Frieden wolltest.
Ich darf dich nicht vermissen,
weil ich dich nicht lieben sollte.

- Verbotene Liebe

Der Grund, weshalb du meine Liebe abgewiesen hast,
waren nicht die Umstände auf unserem Weg.
Du warst schon immer ein Familienmensch,
konntest ihnen niemals widersprechen
und ich könnte das niemals von dir verlangen.
Das Problem
waren nie unsere Familien.
Es war der Fakt, dass
ich bereit war das Jenseits zu opfern,
während du nicht einmal deinen Stolz bei Seite packen konntest.
Genau deshalb
will Gott nicht, dass wir zusammen sind
in diesem Leben.

- Bis das Paradies uns wieder vereint

Ein Teil von mir wartet sehnsüchtig darauf,
dass wir uns endlich wiedersehen,
doch ein anderer Teil von mir hat die Realität bereits akzeptiert.
Du hast nicht nur mein Herz gebrochen,
meinen Verstand traumatisiert,
meine Seele auseinandergerissen,
du hast die Wurzel der Liebe ausgelöscht:
Vertrauen.
Ganz gleich wie sehr ich dich zurück will,
wie kann ich dir je wieder vertrauen.
Bei dem Gedanken, deine Familie zu verlieren,
hast du mich weggeworfen, als wäre nie was gewesen.
Nun wo ich Angst habe das Jenseits zu verlieren,
wie könnte ich dich je wieder zurücknehmen?

- Ich verstehe dich

Du hast mich von Wolke sieben gestoßen.
Zurück auf dem Boden,
damit ich erneut lerne
meinen eigenen Weg zu gehen.

- Das Leben geht weiter

Du hast mich auf den Boden gestoßen,
als ich dir meine Hand gereicht habe.
Du hast meine Worte verstummt,
als ich auf der Suche nach einem Gespräch war.
Du hast mir die Schuld gegeben,
als ich verletzt war.
Du hast mich von dir gestoßen,
als ich dir nahe kam.
Du bist weg gerannt,
als ich spazieren wollte.
Nach all der
Ignoranz, die du mir gabst,
kannst du nicht erwarten, ich sei die selbe.
Ich werde dir nicht mehr nahe kommen, wenn
du mir nicht entgegenkommst.
Ich werde nicht mehr mit dir reden, wenn
du mir nicht zuhörst.
Ich werde dich nicht mehr lieben, wenn
du mich nicht zurück liebst.

- Gegensätze

Bereue es nicht,
denn es war doch so gut.
Wiederhole es nicht,
denn dafür bist du zu klug.

- Kein Märchen

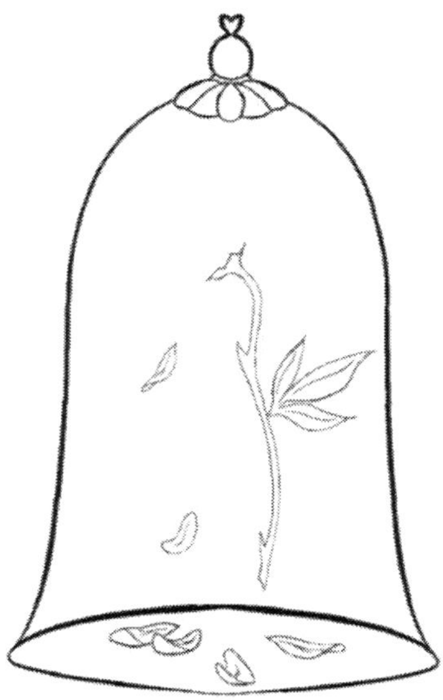

Manchmal,
da erinnere ich mich an dich,
als seist du immer noch da,
als könnte ich dich immer noch hören,
als könnte ich dich immer noch fühlen.
Ich frage mich, ob es die restliche Energie
deiner übrig gebliebenen
Liebe ist,
welche ab und an mal hochkommt.
Phasenweise,
so wie es einst war.
Du hast mit mir gespielt,
ab und zu,
doch ich habe dich geliebt,
kontinuierlich.
Ich habe gelernt
durch den Schmerz, den du
auf mich übertragen hast.
Du hast gelernt
durch meine Liebe,
die nie mehr
sein wird.

- Lektion in Liebhaber

Nicht mehr ganz und langsam am zerfallen.
Meine gebrochenen Stücke wollen noch immer, dass du bleibst.
Denn ganz gleich in wie viele Stücke du mich brichst,
ich werde zu einem Puzzle, warum erkennst du denn nicht?
Es fehlt ein Stück, direkt in meinem Herzen.
Mit deinem Namen drauf, drum hör auf uns zu trennen.

- Wir gehören zusammen

Du bist längst nicht mehr da, doch ich erinnere mich an
deinen Namen.
Ich warte auf dich, doch du denkst es sei ein Spiel.
Es tut mir leid, wenn ich falsch gehandelt habe,
das war sicherlich nicht richtig.
Ich strebe nach deiner Liebe,wollte nie das es zum Streit kommt.
Lass uns ehrlich miteinander sein, sei einmal gerecht.
Wir haben beide Fehler gemacht und das ist in Ordnung,
solange ich dich nicht verlasse und du bleibst.
Ich würde alles tun, ganz gleich wonach du fragst,
doch deine Gedanken zu lesen liegt nicht in meiner Macht.
Zeige meine Makel auf und schrei mich sogar an,
solange du unserer Liebe endlich gestattest zu sein.
Meine Seele ist dein und das ist längst nicht verboten.
Für immer und ewig, solange du bist mein.

- Mein Versprechen an dich

Ich hab dir nicht geglaubt, als du sagtest ‚Ich hasse dich'.
Doch ganz gleich was auch geschehen mag,
du bleibst auf ewig mein Schatz.
Aufregung überkommt mich, wenn ich daran denke,
dich wiederzusehen.
Es kümmert mich nicht wie lange es dauern wird und wann.
Werde dir mein breitestes Grinsen schenken, damit du erkennst,
dass du und ich für einander bestimmt sind.
Es ist alles vergeben, ich werde immer deinen Rücken stärken
Baby.
Ich frage mich nur ob wir uns vielleicht umarmen könnten?

- Bis unsere gebrochenen Stücke wieder zusammenfinden

Während alle geraten in Panik,
fühle ich mich wie auf der Titanic.
Bereit alles in meiner Macht liegende zu tun,
um alle Fehler ungesehen zu machen.
Während nichts so läuft wie geplant,
sterbe ich, nur um deine Hand zu halten.
Denn wenn wir untergehen sollten,
will ich an deiner Seite sein.

- Bis das der Tod uns scheidet

Während Schönheit sich wandelt in Lust
und wahre Liebe zu Staub wird,
werden Liebende über Nacht getrennt,
während Dualseelen sich nicht
aus den Augen verlieren.

- Ewiger Bund

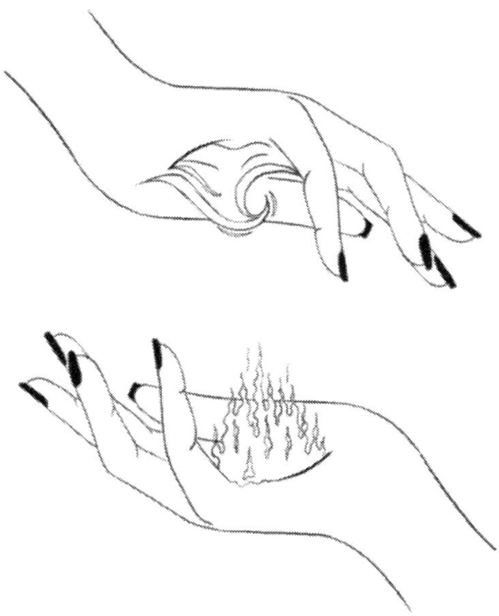

Als du mich verlassen hast,
habe ich meine Lektionen durch die Trauer lernen können.
Du musstest deine Lektionen durch Reue erlernen.
Es musste enden,
damit die Realisation beginnen konnte
und doch frage ich mich noch immer, ob wir naiv wären,
wenn wir eine Liebe wiederbeleben würden,
welche wir benötigt haben,
um uns in Stücke zu zertrümmern.
Auf dass wir wiedergeboren werden als
ein Meisterwerk.

- Wenn Trauer mich zum besseren heilen konnte, kann Reue dich ebenfalls zum besseren ändern

Es heißt,
jene die dich brechen,
können dich nicht wieder zusammenflicken.
Doch Mutter Natur hat bewiesen,
dass du ein Sturm sein kannst
und gleichzeitig der Sonnenschein.
Das du ein Gewitter sein kannst
und gleichzeitig ein Wunder.
Das du den Tod bringen
und gleichzeitig neues Leben kreieren kannst.

- Es gibt einen Unterschied zwischen können und wollen

Was für mich bestimmt ist,
wird mich nicht verfehlen.
Doch ich hoffe noch immer, dass du es bist,
mit der ich zusammen enden werde.
Zusammen oder getrennt, meine Seele sehnt sich nach dir.
Ich will mein restliches Leben mit dir verbringen.
Mein Verstand ist beruhigt und mein Herz in Frieden,
denn wenn zu lieben krank sein soll dann bin ich wohl erkrankt.
Lösch nicht das Feuer, dass du in dir verborgen hältst,
denn ich bin bereit zu brennen solange ich bin

- An deiner Seite.

Ich sah dich derart hell leuchten,
dass ich dich mit einer Sternschnuppe verwechselt habe.
Wo du doch nichts warst, als
ein Meteorit, der in sein Verderben stürzt.
Doch ich war damit beschäftigt
mir eine Vereinigung mit deinem Licht zu wünschen.
Mein Wunsch wurde mir gewährt.
Du hast mich mit dir gerissen,
bis ich mich wunderte, weshalb
wir explodiert sind.

- Sei vorsichtig mit deinen Wünschen

Das Feuer in dir
war einladend warm.
Was könnte ein Lagerfeuer schon anrichten,
dachte ich.
Wie naiv ich doch war,
das Höllenfeuer mit einem Lagerfeuer zu
verwechseln.

- Gebrandmarkt

Meine Liebe zu dir
war wie die von Iqarus für Apollo.
Ich war bereit dich auf eine Art und Weise zu berühren,
wissentlich darüber die einzige gewesen zu sein, die jemals
den Mut hatte, dir derart nahe zu kommen.
Ich war bereit für dich zu brennen,
wissentlich darüber die einzige gewesen zu sein, die jemals
furchtlos genug war, deine Seele zu berühren.
Ich war bereit für dich auf ewig in der Hölle zu brennen,
solange ich nur ein einziges Leben mit dir haben konnte.
Jedoch
ist Gottes Liebe zu mir
viel großartiger, als jene mystische Saga,
denn Er beschenkt mich mit der Ewigkeit,
im Austausch eines einzigen Lebens mit dir.

- Gott hat einen Plan

Wir waren so unterschiedlich und ganz sicher
nicht gleich,
doch plötzlich war die Liebe mehr als
nur ein Name.
Ich liebte dich so sehr, dass schließlich
ein Funke entsprang,
doch du hast mich brennend zurückgelassen
was eine schöne

- Schande.

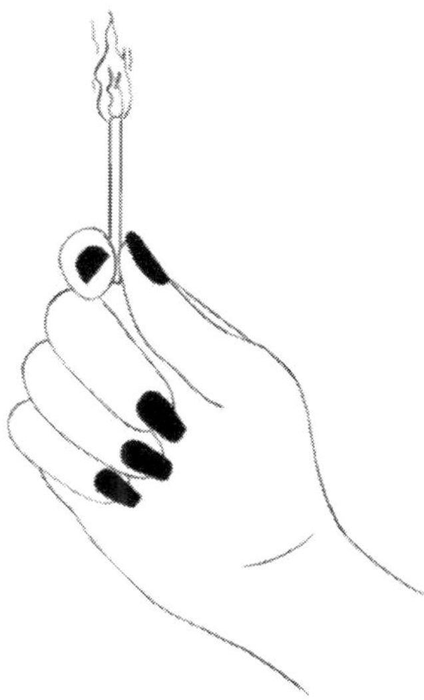

Du hast mich auf eine Art und Weise gebrochen,
die ich niemals für möglich gehalten hätte.
Du bist stets gegangen und kamst zurück,
wenn dir jemand im Bett gefehlt hat.
Du hast meine Liebe hintergangen,
welche ein Geschenk Gottes war.
Du hast mich aus deinem Leben verbannt,
mein Herz mit einem Messer bedroht.
Wenn du doch nur wüsstest, wie schmerzhaft
meine Liebe gestorben ist.
Wenn du nur die Tränen kennen würdest, hinter
meinem Überleben.
Wenn du nur wüsstest, was eine Liebe du einst hattest,
würde die Reue, welche du verspüren würdest,
dich traurigerweise um den Verstand bringen.
Du wärst nicht in der Lage, mir in die Augen zu schauen.
Du wärst nicht in der Lage, zu sprechen, nach all deinen
Lügen.
Du wärst nicht in der Lage, mich je wieder zu berühren.
Du wärst nicht in der Lage, zu haben
was du einst hattest.

- Du hast das Feuer geliebt, doch der Phönix wird dir niemals gehören

Ich werde nie wieder
den Funken verspüren, den ich mit dir empfunden habe,
denn das Feuer unserer Leidenschaft hat mich
lebendig verbrannt.
Doch nun wo ich der Phönix bin,
durstet es mich nach Wasser, welches mich am Leben hält.
Ich will mich niemals wieder vom Feuer verführen lassen,
anstelle dessen erhoffe ich mir,
eines Tages einen tiefen Frieden durch Wasser zu erlangen,
welches mich schlussendlich
den Unterschied zwischen Liebe und Leidenschaft
begreifen lässt.

- Die Hölle verlassen

Wenn ich
mich dabei erwische,
wie ich dich hasse,
realisiere ich, dass ich
dich in Wahrheit liebe.
Und wenn ich sage
bitte komm niemals zurück,
realisiere ich, dass
ich sehnsüchtig darauf warte, dass
du zurück kommst.
Und auf einmal
verstehe ich,
dass wir manchmal
Dinge sagen, die wir wirklich nicht meinen,
weil wir bedauerlicherweise
Dinge fühlen, auf die wir
nicht vorbereitet waren.

- Wir können Gefühle nicht kontrollieren, hör auf kontrollieren zu wollen, wen du liebst

Es war einmal
ein Mädchen, die sich in den Mond verliebt hat.
Während der Mond schmunzelte:
„Oh was ein naives Mädchen,
denkt sie wäre besonders,
ich würde nur für sie scheinen.
Spricht Nachts zu mir, wenn
sie sich einsam fühlt.“

Das Mädchen redete stets weiter
ohne eine Antwort zu bekommen,
bis sich eines Tages
der Mond fragte warum.
Unwissend darüber, dass es jemanden gibt,
die ihn so liebt, wie er ist.
Nicht im Stande zu glauben, dass
eine solche Liebe existiert.

- Der Mond und seine Liebhaberin

Der Mond & die Sonne

Part I

Ich verstehe warum
du den Mond so sehr geliebt hast,
denn genau wie der Mond,
hattest du deine Phasen.
Manchmal hast du mich
in totaler Dunkelheit zurückgelassen
und doch warst du immer da.
Du hast mich gesehen,
du hast mich gehört
und ab und an mal
hast du mich verlassen.
Damit ich lernen kann, dass
am Ende
ich mein eigener Held bin.

- Nun wende ich mein Gesicht der Sonne zu

Part II

Nun,
da ich mein Gesicht der Sonne zugewendet habe,
begreife ich, dass
ich selbst das Licht bin,
ich selbst die Wärme bin,
ich selbst die Liebe bin
und die Sonne bewundert das an mir.
Genau deshalb
scheinen wir zusammen.

- Du warst meine Lehrerin doch die Sonne ist meine Liebhaberin

Sonnenuntergang

Part I

Wenn die Sonne Nachts untergeht,
halte ich Ausschau nach dem Mond.
Doch wenn auch du nicht da bist,
weine ich mich in den Schlaf hinein.
Ich weiß,
die Sonne wird meine Tränen bald schon wieder trocknen.
Sie könnte mich verbrennen,
wenn sie es wollen würde.
Doch sie entschied sich zu scheinen,
nicht zu brennen.
Die Wärme zu verkörpern,
nicht das Feuer.
Leben zu schenken,
nicht den Tod.
Und du scheinst ab und an mal,
um mich daran zu erinnern, dass
du dich für Teilzeit anstatt Vollzeit,
für Dunkelheit anstatt Licht,
für Einsamkeit anstatt Liebe
entschieden hast.

- Kein für immer

Part II

Nun
frage ich mich lediglich, weshalb
ich dich noch immer liebe,
als müsste ich
nach deinem Schimmer streben.
Als würde ich nicht wissen, dass
Sonnenlicht und Mondlicht
genau wie Wasser und Luft sind.
Beide zum Überleben notwendig
und doch nicht dasselbe.
Und ich schätze, du musst das Wasser sein,
deshalb kontrollierst du es,
denn du liebst es die Kontrolle zu haben.
Du machst die Menschen durstig nach deinem Licht,
doch lässt sie dafür ertrinken.
Wo doch die Sonne genau wie die Luft ist.
Immer da um Leben zu schenken,
doch die Menschen entscheiden sich stets für den Tod.
Als würde der Fakt, dass
es ein Ende gibt, bedeuten,
das ist bereits das Ende .

- Tod eines Liebenden

Wie kann ich dich noch immer lieben,
nach allem was du mir angetan hast?
Wie kann ich denn nach vorne schauen,
wenn meine Liebe nicht rückgängig gemacht werden kann?
Wie kann ich dich noch immer vermissen,
wenn ich nicht einmal deine bin?
Wie kann ich es denn jemals vergessen,
wenn du nicht einmal am Bereuen bist?

- Ich gab dir mein Herz, du hast es mir nie zurückgegeben

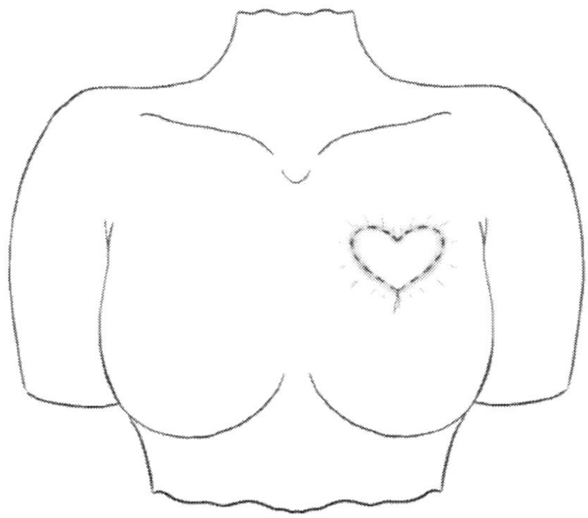

Ich habe dich geliebt,
mit den Überresten meines gebrochen Herzens.
Ich habe dich festgehalten,
mit dem Druck meiner einsamen Hände.
Ich hab dich auf deinem Weg begleitet,
mit der Kraft meiner müden Beine.
Ich hab dich zurück ins Leben geholt,
obwohl ich selbst innerlich Tod war.

- Ich habe meine Seele gespendet

Knapp
ein ganzes Jahr ist vergangen, seitdem
ich dich das letzte Mal gesehen habe.
Ich weine noch immer der Vergangenheit hinterher.
Nicht deinetwegen,
sondern
aufgrund des Faktes, dass
ich beinahe alles hatte, was ich jemals wollte
und es im nächsten Moment einfach verschwand.

- Fata Morgana

Ich gab dir die Ehre,
die Erste sein zu dürfen,
die meinen gesamten Körper,
jeden Winkel davon, sehen durfte.
Die Erste, die die gesamte Energie fühlen durfte.
Die Erste, die das ganze Menü kosten durfte.
Doch du hast mich vollständig ausgesaugt,
wie ein blutdurstiger Vampir.

- Du hast vergessen mich unsterblich zu machen

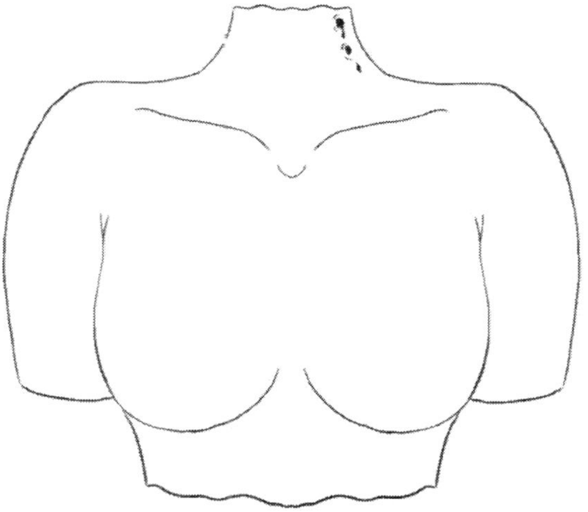

Ich war einst
deine liebste Nachspeise.
Ich war deine Schokolade,
welche du so gerne
mit deiner eisernen Zunge
geschmolzen hast.
Du hast mich lebendig vernascht,
bis schließlich nichts mehr von mir übrig blieb
und dann hast du mich einfach verlassen.
Ich musste mich selbst wiederherstellen,
anstatt dass du dich gefragt hast,
welche Zutaten es waren,
die mich so köstlich gemacht haben.

**- Du warst so hungrig, du warst nur am Konsum interessiert,
nie an echtem Genuss**

Ich habe es so sehr versucht.
Ich habe alles in meiner Macht stehende getan,
um dir den Weg zu mir zu offenbaren.
Um Leben in eine Liebe zu hauchen,
nach der ich mich schon immer gesehnt habe.
Um eine klare Sicht für uns zu schaffen,
als wäre ich jemals dein Ziel gewesen.
Als hättest du jemals eine Wegbeschreibung benötigt,
wenn du doch schon längst angekommen bist.
Nun
begreife ich Stück für Stück,
dass alles wonach du gesucht hast, war
der Weg zurück.

- Ausgang

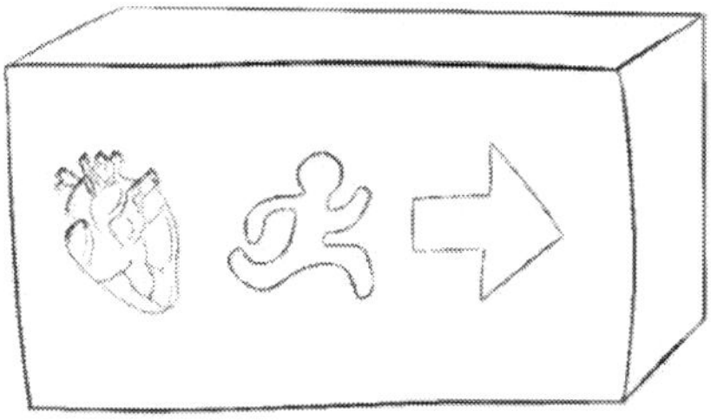

Nach allem was war,
warum liebe ich dich noch immer?
Nach all dem Schmerz,
wie kann ich mich noch immer um dich sorgen?
Nach all den Schaden,
wie kann ich es noch immer wollen,
erneut?
Bin ich denn naiv,
weil ich nicht in der Lage bin,
erneut zu lieben?
Bin ich dafür bestimmt alleine zu enden,
weil ich jene Liebe, welche
mich nicht zurück lieben?
Und bin ich nicht glücklich mit mir selbst
oder warum wähle ich
deinen Schmerz, anstelle der Liebe einer anderen?

- Süchtig

Nach allem was du mir angetan hast,
bin ich noch immer nicht gewollt und zu blind um zu erkennen,
dass du mein Herz Suizid bedeutest
und doch weiche ich nicht von deiner Seite.
Mein Verstand weiß, dass ich es nicht verdiene,
doch anscheinend liebt es mein Herz verletzt zu werden.

- Obsession

Kann es denn möglich sein,
dass mein Schmerz viel tiefer ist, als was wir hatten?
Viel tiefer ist, als unsere Gefühle?
Viel tiefer ist, als du?
Kann es denn möglich sein,
dass mein Schmerz ein Dämon ist,
auf der Suche nach einem Körper,
um dir Trauer zu kompensieren?
Kann es denn sein,
dass du wie gemacht für diese Aufgabe bist?
Du verkörperst alles was ich nur beinahe hatte.
Die Freude, die mich verlassen hat.
Die Liebe, die mich gebrochen hat.
Die Trauer, die mich seit je her jagt.

- Besessen

Ich frage mich selbst warum
ich auf die toxische Art der Liebe herein falle.
Vielleicht ist das einzige, was ich wirklich Liebe,
die Idee verliebt zu sein.
Ich meine, ist es denn nicht erfüllend,
sich geliebt zu fühlen,
sogar wenn man sich selbst hasst?
Ist es denn nicht erfüllend, zu glauben
jemand wird auf ewig dein Held sein,
wenn dein größter Feind du selbst bist?
Zu wissen, dass an deinen dunkelsten Tagen,
die Liebe Licht in dein Leben bringt?
Zu denken, dass all deine schweren Kämpfe,
jemand besonderes für dich übernehmen wird?
Als bestünde deren einzige Aufgabe darin,
dich zu lieben.

- Es war niemals deren Aufgabe, sondern deine

Ich habe stets gedacht,
du seist ich in einem anderen Körper.
Dabei verkörperst du lediglich
alles, was ich niemals sein könnte.
Du hast den Teil in mir angezogen,
der sehnsüchtig so sein wollte wie du.
Doch nun,
nach all den Schaden, den du angerichtet hast,
verstehe ich endlich, warum
ich in Wahrheit nicht so sein will, wie du.

- Getriggert

Als du mich unerwartet verlassen hast,
wartete ich darauf, dass der Schmerz mich umbringt.
Stattdessen, hast du den Schleier der Illusion abgenommen.
Hast mir eine Chance gegeben, die Lösung zu erkennen.
Zu verstehen, dass die wahre Liebe ganz sicher nicht du bist und
mich selbst zu lieben, meine Aufgabe ist.

- Erkenntnis

Wenn es eine Sache gibt, die ich über die Liebe gelernt habe,
dann, dass sie unbeschreiblich ist, wie der Größte dort oben.
Sind wir erst mit Schmetterlingen erfüllt, sind wir besessen nach
für immer.
Als könnte uns nie etwas Besseres widerfahren.
Als könnten wir einen Schmetterling einfangen und erwarten,dass es
weiter lebt.
Vergessen jedoch, dass etwas zu erzwingen ganz sicher
nicht verzeihlich ist.
Tatsächlich, je mehr du willst, dass jemand bleibt,
umso mehr wird er fortgehen wollen.
Du wirst niemals eine Garantie für deinen Liebhaber haben.
Denn eines Tages wirst du begreifen,
dass Emotionen temporär sind und nicht ewig während.
Drum geh mit Bedacht und behutsam mit ihnen um.
Es ist in Ordnung so zu fühlen, wie es dir momentan geht,
doch denk daran, dass es gegenwärtig ist und nicht ewig während.
Manchmal sind wir verliebt in Erinnerungen und
hängen fest an der Vergangenheit,
denn deine tief gehende Liebe wollte etwas beständiges.
Dabei ist nicht einmal unser eigenes Leben endlos,
drum ist das Beste, was wir tun können, dankbar zu sein.
Denn Liebe ist wie Karma, bewahre ihre Reinheit.
Denn Schmerz ist nicht immer einfach zu ertragen.
Drum sei gut zu dir selbst und ehrlich zu deiner Liebe,
denn was du anderen gibst, ist was du selbst kriegst.

- dein Liebhaber ist eine Reflexion deiner Selbstliebe

Damals
wurde die Liebe mit Festlegung in Verbindung gebracht.
Doch leider basierten zu viele Bindungen auf
Zwang, wodurch sich eine stille Rebellion entwickelte.
Wo Zwang herrscht, wird bekanntlich Widerstand folgen
und wenn man sich die heutige Zeit anschaut,
ist Generation Z doch das perfekte Beispiel dafür.
Wir widersetzen uns konservativen Regeln und rebellieren für
eine Liebe, die wir nie vorgelebt bekommen haben.
Wir verlieren uns selbst auf der Suche nach etwas, was wir nicht einmal kennen
und wundern uns dann warum wir es nicht finden können.
Lasst mich euch eins sagen:
Die Liebe,
die wahre Liebe,
wird dich ganz ohne Anstrengung und mit einer Leichtigkeit finden.
Sie wird dir dein Leben nicht erschweren und dich
nicht verlassen.
Die Liebe klopft an deiner Tür,
wenn du keinen Besuch mehr erwartest,
weil du endlich gelernt hast
deine eigene Gesellschaft zu lieben.

- Finde dich selbst, bevor du jemand anderen suchst

Ich denke,
die Liebe ist wie Wasser.
Wenn du mit dem Strom schwimmst,
wird es dich mit einer Leichtigkeit tragen,
du wirst denken, es sei Magie.
Doch wenn du hysterisch wirst,
wird es dich ohne Gnade
ertränken.

- Lerne zu schwimmen, bevor du dich hineinstürzt

Nach jahrelanger Therapie,
welche mich so gut es ging zusammen geflickt hat,
nach all den Fortschritten,
die ich mir mit Schweiß und Tränen erarbeiten musste,
bin ich wieder am Anfang.
Noch schlimmer sogar,
ich habe keine Hoffnung mehr.
Du hast meine Narben geöffnet und dein Gift hineingelegt.
Ich sterbe langsam und qualvoll und
weiß nicht, ob ich wiederbelebt werden kann.

- Haltet euch fern von Liebe ohne Festlegung

Ich dachte, die Liebe wäre ein Geheimnis, dass die Leute
nie wirklich erfahren werden,
aber wie sollen sie das auch verstehen, wenn sie
es auf dem niedrigsten Level erleben?
Ich meine, bei der Liebe geht es um Festlegung, nicht um
temporäre Anziehung.
Wahre Liebe ist ein unzerbrechliches Versprechen mit
endloser Zuneigung.
Ich meine, wenn du dich verbündest, ohne dich festzulegen,
was ist der Zweck dahinter?
Jemandem Hoffnung zu geben, nur um ihn zu verlassen, wird nie
was Gutes sein.
Und wage es nicht, reine Liebe mit toxischer Lust zu
verwechseln,
denn dessen sündige Flamme wird dich verbrennen und dann
zu Staub werden.
Wahre Liebe ist so rein, dass es ein nie endender Optimismus ist.
Wenn du jemanden wirklich liebst, sehnst du dich nach einer
Bindung für die Ewigkeit.
Das ist das heilige hinter Gottes Willen.
Es ist ein Versprechen, dass niemand kann
brechen.

- Wahre Liebe hat kein Ende

Die wahre Liebe
wird dich finden,
mit einer Leichtigkeit und keiner Schwere.
Du musst es nicht überdenken.
Lass es einfach geschehen.

- Das Schicksal kann nicht geplant werden

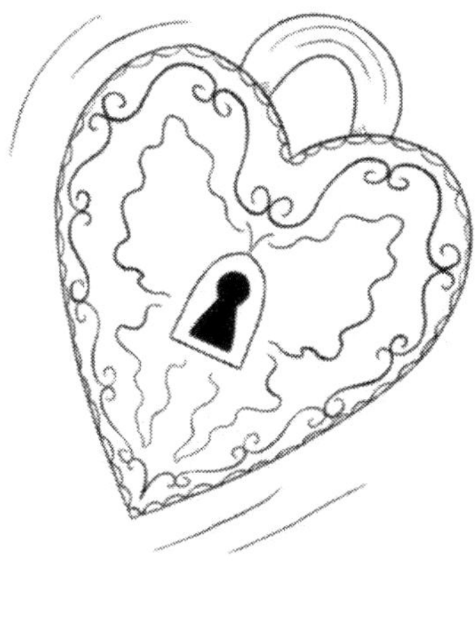

Du musst verstehen,
dass du keine durchaus gute Person vermisst.
Jedoch
vermisst du ein ehrliches und liebliches Gefühl,
welches dir eine kaltherzige Person genommen hat.
Jedoch
musst du verstehen,
dass diese Gefühle in dir verborgen waren,
lange bevor jemand kam und sie erweckte.

- Deine Gefühle sind nicht von anderen abhängig

Eines Tages
bin ich aufgewacht,
meine Tränen waren getrocknet
und mein Herz fühlte etwas
neues.
Ich will weitermachen.
Ich kann nicht darauf warten, dass du
zurückkommst,
wenn du schon lange fort bist.
Ich kann nicht darauf warten, dass du
mich so liebst, wie ich dich,
wenn du mich überhaupt nicht liebst.
Denn wenn wir wirklich
für einander bestimmt sind
und wir uns zur falschen Zeit getroffen haben,
dann werden wir uns erneut finden,
wenn es der richtige Zeitpunkt ist.
Bis dahin werde ich
weitermachen,
genau wie du.
Und wenn wir uns wiedersehen,
haben wir Geschichten zu erzählen
für die Ewigkeit.

- Neustart

Ich liebe dich,
aber
ich habe es satt,
ein Opfer meiner eigenen Gefühle zu sein,
nur um mich anschließend selbst zu kritisieren.
Ich bin es leid, mir selbst Vorwürfe zu machen,
als wäre alles meine Schuld.
Ich vergebe mir
und ich vergebe auch dir.
Ich muss nach vorne schauen
und Gott seine Arbeit machen lassen.

- Bestimmung

Du sagtest die Dinge, die du gesagt hast.
Ich fühlte die Dinge, die ich gefühlt habe.
Ich muss akzeptieren, dass
du deine Gründe hattest,
die ich niemals erfahren werde,
so wie
ich meine Gründe hatte,
die du niemals verstehen wirst.

- Es ist, wie es ist

Heute,
zum allerersten Mal,
habe ich eine Sternschnuppe
von weitem gesehen
und zum allerersten Mal,
nachdem ich dich getroffen habe,
wünschte ich mir,
es soll was neues auf mich zukommen.
Es ist beinahe so, als ob ich durstig geworden bin,
nach einem weiteren Getränk,
während ich
dich verdaut habe.

- Champagner ist mein neuer Favorit

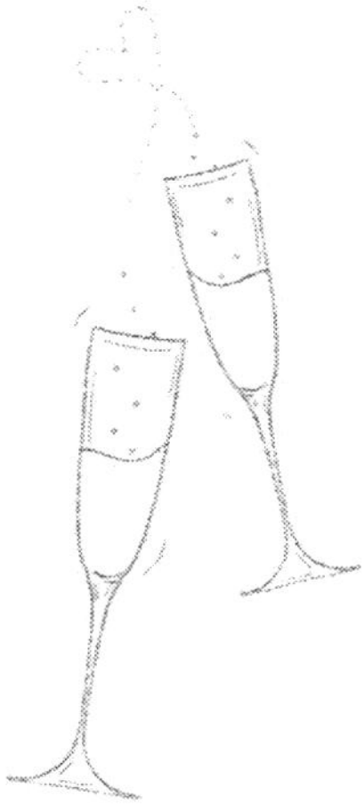

Ich versuche erneut zu lieben,
doch warum fühlt es sich nicht richtig an?
Als sei ich diejenige, die sich geschlagen gibt.
Wie kann ich denn jemand anderes lieben,
wenn ich versprach dich für immer zu lieben?
Ich versuche nach vorne zu schauen,
jedoch scheint sich nichts zu verbessern.
Du hast mich verlassen.
es sollte dein Verlust sein, nicht meiner.
Und doch bin ich diejenige,
die auf jedes noch so kleine Zeichen wartet.
Ganz gleich was auch geschehen mag,
ich kriege dich nicht aus meinem Kopf.
Ich sehe nur dich,
für alle anderen bin ich blind.
Du hast meine Seele gebrochen,
hast mich in deiner Wut brennen lassen
doch ganz gleich was du auch tust,
du wirst einfach zu keiner Fremden.
Wir haben so sehr versucht
unsere Liebe auszuradieren,
jedoch können wir nicht mit Gottes Macht konkurrieren.
Vielleicht sind wir ja wirklich für einander bestimmt,
jedoch nicht nicht in diesem Leben und doch sind unsere Seelen

- Für immer verbunden

Mein Herz bricht jedes Mal aufs neue,
wenn ich auch nur daran denke
loszulassen.
Vielleicht weiß ich, dass ich
erneut lieben kann,
doch meine Seele weigert sich
ihr Versprechen zu brechen,
nur weil du es getan hast.
Vielleicht
ist meine Seele noch immer im Schock
darüber, dass du uns aufgegeben hast.
Ich hasse dich dafür.
Du hast meine Liebe ermordet,
meine Seele gebrochen,
mein Herz beschädigt
und meinen Verstand traumatisiert,
für immer.

- Nicht reparierbar

Du warst meine größte Lektion,
die ich erlernen musste.
Du warst mein traurigster Abschied,
den ich gezwungen war zu nehmen.
Du warst mein glücklichster Beginn,
mit dem aller tragischsten Ende.
Und doch warst du mein bestes bisschen Liebe,
dass ich nur beinahe hatte.

- Ich werde dich niemals vergessen

An meine erste Liebe und meinen größten Schaden,
wenn sie dich fragen, warum wir nicht mehr zusammen sind,
wenn sie sich wundern was mit unserem für immer und ewig geschehen ist,
erzähl ihnen davon, dass wir zu jung waren um zu begreifen,
dass wir gesegnet sind,
dass es zu viele Hindernisse gab, bis wir uns schließlich gestresst fühlten.
Erzähl ihnen davon, dass ich müde davon war, missverstanden zu werden,
dass wir nicht im Stande waren zu kommunizieren, wie wir es sollten.
Erzähl ihnen davon, wie du mein Herz gebrochen hast, mit deiner
Ignoranz und Wut,
wie ich dein Vertrauen missbraucht habe und dein Leben in
Gefahr brachte.
Erzähl ihnen davon, wie unsere Familien uns mit ihrem Glauben
verurteilten,
wie sie es geschafft haben deine Liebe in Hass zu wandeln.
Erzähl ihnen davon, wie ich bereit war zu kämpfen und
mein Leben für dich zu geben,
doch du dich dafür entschiedest eine gute Tochter zu sein und
nicht meine Frau.
Erzähl ihnen davon, wie du nicht daran glaubtest, dass es funktionieren
könnte,
wenn unglücklicherweise du in einem heuchlerischen Umfeld
gefangen warst.
Erzähl ihnen davon, wie wir von Gott erhört wurden,
Er jedoch unserer Liebe zu viele Hindernisse auferlegte.
Erzähl ihnen davon, dass wir Lektionen durch Schmerz erlernen mussten,
dass ich auf mein Herz höre, jedoch du auf deinen Verstand.
Erzähl ihnen davon, dass wir erzogen wurden auf andere zu hören,
dass es niemanden kümmerte, dass wir wirklich Liebhaber sein wollten.

- Wir trafen einander aus einem Grund

An meine zukünftige Liebe,
zeig mir, dass es dich kümmert,
denn die Falsche hat es gar nicht erst getan.
Habe Geduld mit mir,
denn die Falsche ließ mich eine Mauer aufbauen.
Sei ehrlich mit mir,
denn die Falsche hat mich mit ihren Lügen vergiftet.
Schätze meine Worte,
denn die Falsche hat sie in meinen Augen verbannt.
Sei sanft mit meinen Körper,
denn die Falsche hat diesen aus Lust missachtet.
Erfülle meine Seele mit nichts als Liebe,
denn die Falsche hat meine in Staub gewandelt.

- Pass auf mich auf

Liebesbrief an mich selbst

Ich liebe die Art und Weise, wie du deinen Daumen umschlingst,
wenn du dich unwohl fühlst.
Es reflektiert die Unschuld eines Neugeborenen,
welches es ebenfalls zu pflegen tut.
Ich liebe es, wie oft du einfach abdriftest und
nichts um dich herum mitbekommst.
Es ist nahezu magisch sich in eine ganz eigene Welt
zurückziehen zu können.
Ich liebe es, wie du dich manchmal selbst umarmst und klarstellst,
dass nichts und niemand gegen die Beziehung zu dir selbst ankommt.
Ich liebe es, wie du manchmal wie eine Verrückte schreist,
nur um deine Wut rauszulassen,
bevor du dich in Worte verlierst, die du nicht zurücknehmen kannst.
Ich liebe es, wie du deine Mimik konstant änderst,
als würde sie sich den Energien um dich herum anpassen.
Ich liebe es, wie dankbar du für jede Kleinigkeit bist
und dich dann immer wie ein kleines Kind freust, dass nichts Böses kennt.
Ich liebe es, wie engelsgleich du mit Kindern umgehst,
als würden sie dir ein Gefühl vom Paradies vermitteln.
Ich liebe es, wie du Hass stets mit Liebe bekämpfst,
als würdest du in jedem schwarzen Loch einen Funken Hoffnungen sehen.
Ich liebe es, wie du stets nach einer tieferen Bedeutung in allem suchst,
als würdest du mehr sehen als manch einer je begreifen könnte.
Ich liebe deine lichte Seele,
die selbst dem Tod wieder Leben schenkt.
Ich liebe dich für alle die Liebe, die du dieser Welt so selbstlos schenkst,
als würde sie dir nie ausgehen.

- Du bist die Liebe meines Lebens

Zu viele Menschen weinen,
während Mutter Natur stirbt.
Die globale Erderwärmung nimmt zu,
während die Regierung loslässt.
Sich frei von Schuld sprechen,
während sie nicht einmal in der Lage sind, wieder aufzubauen,
was sie so schamlos zerstört haben.
Während sie uns heimlich manipulieren,
unserer Verstände in Zeiten der Digitalisierung programmieren.
Göttliche Wesen vor dem Aufwachen zur Verwirklichung hindern.
Ihr Ego anbeten und sich nicht um andere kümmern.
Grenzen verherrlichen, Gründerväter feiern.
Menschenrechte ignorieren und unbefriedigendem Geld nachjagen.
Sich gegenseitig auseinanderreißen, während man herumkommandiert,
als wäre es lustig.
Das Böse als das Gute verkleiden und sich hinter einem Lächeln
verstecken.
Verkaufen uns diese Welt für das Jenseits, indem sie uns
Versuchungen aussetzen.

- Der Schmerz der Welt

Braunhäutige Schönheit,
deine Haut ist der Kuss der Sonne.
Ein reiner Liebesakt,
der nie für eine Waffe gedacht war.
Schließlich bluten wir alle gleich.
Haut sollte kein Spiel sein.
Deine Individualität
soll zeigen,
dass du in Vielfalt wirst
dein Lichtblick finden.
Wir alle stammen vom
selben Schöpfer.
Er hat jeden von uns noch
großartiger erschaffen.
Jeden von uns zu
einem einzigartigem Meisterwerk gemacht.
Mit einer Haut, die so selten ist, dass sie dir
Frieden bringen sollte.
Es sollte dich nicht schwach machen,
es sollte dir das Gefühl geben
einzigartig zu sein.
Deine Haut ist deine Krone,
die niemals runterfallen wird.
Deine Haut ist ein Menschenrecht,
dass nie sein sollte ein
Kampf.
- Black Lives Matter

Denn was ist schon der sogenannte
Ruf,
als ein subjektives, von der Gesellschaft
selbsterzeugtes Bild eines Menschen.
Ein verherrlichtes Ego, verkleidet als Teil einer Dynastie.
Gefangen in den Köpfen derer, die mit Schuld zu kämpfen haben.
Nicht bereit zu erkennen, dass wir alle gleich sind.
Immer auf der Suche nach anderen Schuldigen,
deshalb fragen sie dich nach
deinem Namen.

- Du sagst der Welt wer du bist und nicht anders herum

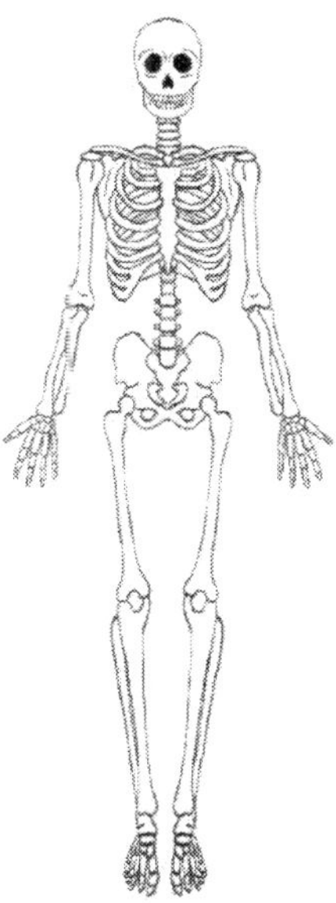

Mit der Geburt des Internets fing alles Schritt für Schritt an,
bis Social Media ein weltweites Netz hervorbrachte.
Mit der Fähigkeit alles zu sehen,
aber trotzdem fallen zu können.
Gefüllt mit Gutem und Schlechtem,
damit du selbst abwiegen kannst.
Auf dass du dich selbst und deinen eigenen Weg findest.
Sei mutig und werde einer, der inspiriert,
denn du kannst jedes Feuer löschen.
Schließe niemals deine Augen, öffne immer dein Herz,
damit wir zusammenwachsen und uns nicht mehr spalten.

- Wir sind verbunden

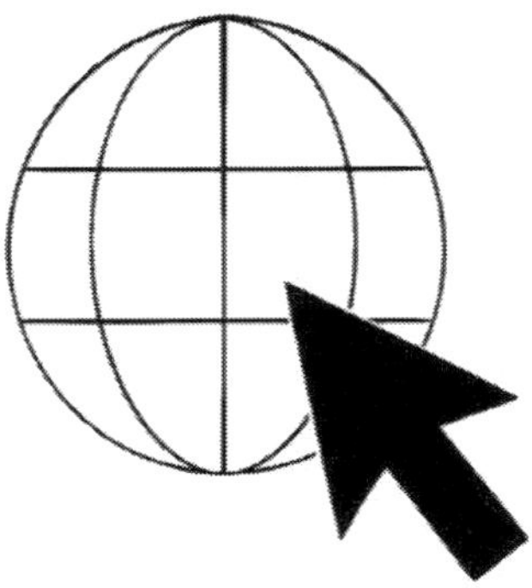

Wie ist es möglich,
dass zu viele Monster ihr Geld damit verdienen,
uns nach einem Schönheitsideal zu verformen,
welches sich selbst kontinuierlich verändert?
Wie ist es möglich,
dass sie ruhig schlafen können,
während ihre Kunden auf der Suche nach
einem weiterem Monster unter dem Bett sind?

- Blut an deinen Händen

Ich habe geglaubt,
wenn ich mein Aussehen verändere, würde es mir besser gehen.
Hypnotisiert von heutigen Schönheitsidealen,
habe ich angefangen mich selbst zu verleugnen.
Ich habe die Verschmelzung meiner Eltern missachtet,
welches Produkt der Liebe ich selbst bin.
Ich habe mich geweigert,
die Schönheit meiner Vorfahren zu erkennen.
Ich habe einen Teil von mir abgeschnitten,
um in einem Standard gerecht zu werden,
für den ich nie genug sein werde.
Jedes mal, wenn ich nun in den Spiegel schaue,
sehe ich eine Narbe mitten in meinem Gesicht
und anstatt mich hübscher zu fühlen,
fallen mir sogar noch mehr Dinge auf, die
diese Gesellschaft nicht mag.

- Du wirst ihr manipulatives Spiel nicht gewinnen

An jede berühmte Person,
Respekt dafür,
dass du jedermanns Thema bist und trotzdem ruhig bleibst.
Respekt dafür,
dass du so vielen bekannt bist und trotzdem etwas
Privatsphäre behältst.
Respekt dafür,
von Fremden bekämpft zu werden und dennoch
nicht aufzugeben.
Ob sie dich lieben oder sogar hassen,
am Ende kennt dich keiner wirklich.
Ich hoffe nur, dass du dich wenigstens selbst kennst.
Lass dich nicht unter Druck setzen.
Vergiss eins nicht:
Auch wenn die ganze Welt Lügen verbreiten würde,
spielt es keine Rolle, solange du selbst die Wahrheit kennst.
Auf dass am Ende, dir selbst
mit erhobenem Haupt gegenüberstehen kannst.
Du bist niemandem Rechenschaft schuldig.
Ich hoffe nur, dass deine Energien hoch genug sind, dass du sie nicht unter deiner Würde verkaufst.

- Sei ein Vorbild

Ich bin die Kobra.
welche sie hat glauben lassen,
nach ihrem Befehl zu tanzen,
nur um
zuzubeißen, wenn sie es am wenigsten erwarten.

- Kämpft gegen das Böse

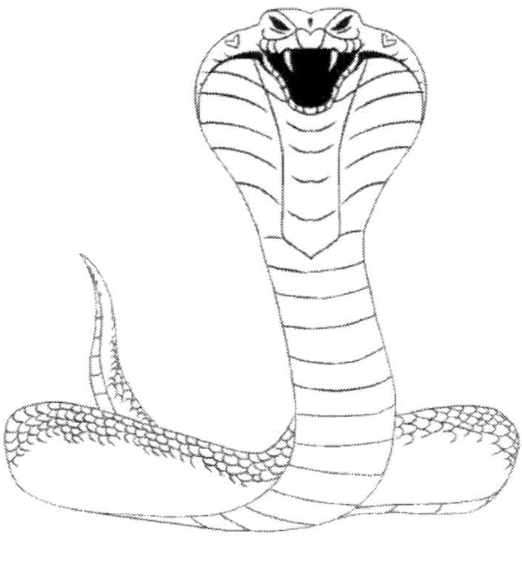

Wenn
eine Flöte eine Schlange
manipulieren kann,
warum
ziehen wir es nicht in Erwägung,
dass es Musikinstrumente sind,
die uns
zum tanzen bringen.

- Einflüssterung

Die sache mit der Musik
ist, dass es nichts als eine Ablenkung war,
doch es wurde zur Stimme dieser Welt.
Während wir über unsere eigenen Gefühle schweigen,
auf der Suche nach dem, was wir nicht
in Worte fassen können,
auf der Suche nach uns selbst, in den Texten anderer Leute,
beeindruckt von diesem Gefühl, verstanden zu werden.
Wir feiern auf Konzerten, auf der Suche nach
der Stimme, die wir aus ihnen gemacht haben.
Die Musik wurde zum entlarvten Tagebuch,
was kein Geheimnis mehr ist.
Und ich frage mich, ob einige Dinge
hätten verborgen bleiben sollen.

- Finde deine eigene Stimme

Es ging nie um
das Singen selbst,
welches die Seele
berührte.
Es war
die Wortwahl,
welche zum Herz
gesprochen hat.

- Pass auf, was du hörst, denn Subliminale sind echt

Die einzige Sache,
die wirklich immer frei sein wird,
sind die Gedanken unseres Verstandes.
Jeder kann denken und glauben was er will
und wenn man sich einer Religion zugehörig sieht,
sollte man das Recht haben, diese ausleben zu dürfen.
Denn Religion kann Frieden schenken,
solange es niemandem aufgezwungen
und gleichzeitig
niemandem verboten wird.

- Religionsfreiheit für jeden

Im Geschichtsunterricht
lernen wir von der grausamen Nazizeit und davon,
wie viele unschuldige Juden ihr Leben geben mussten,
wegen etwas, das sie nicht ändern können.
Heute
schweigen wir über die Ausschreitungen Chinas und
wie sie unschuldige Muslime quälen,
wegen einer Religion, die sie trotz aller Umstände,
nicht ändern wollen.
Keine Schule kann uns dieses Opfer lehren
und dennoch bedarf es keiner Schulbbildung, um
für Religionsfreiheit einzustehen.

- Befreit die Uyghuren

Eines Tages
wird es keinen Kampf um ein Land geben,
denn diese Welt wird enden.
Es wird keine Nationen geben,
keine Trennungen mehr,
nicht einmal Erwartungen
oder gar überflüssige Erklärungen.

Denn eines Tages
wird jeder zur Rechenschaft gezogen.
Es wird offenbart, wessen Herz elend ist.
Du wirst niemandem die Schuld geben können,
außer deinem eigenen Namen.
Du wirst die wahre Schande begreifen,
dass du die Flamme angezündet hast.

Eines Tages,
wenn Gott dich fragen wird warum,
sag mir, was wird deine Antwort sein?
Es wird keine Mehrheit geben,
um Klarheit zu schaffen.
Du wirst genau wissen, was du versteckst.
Dann wirst du verstehen warum sie lächeln.

Denn eines Tages
wird der Unterdrücker sich Sorgen machen.
Es wird zu spät sein, um sich zu entschuldigen.
Du wirst merken,
dass wir alle eins und doch verschieden sind,
doch du wirst nicht in der Lage sein,
es ungeschehen zu machen.
Denn jetzt ist die Zeit gekommen,

- BEFREIT PALESTINA!

Stell dir vor,
du musst dein Zuhause verlassen, um zu überleben,
nur um woanders ein schwieriges Leben zu haben.
Als wäre dein Akzent etwas anderes, als
ein mehrsprachiges Zeugnis.
Als wäre dein Aussehen etwas anderes, als
eine weitere Farbe der vielseitigen Kunst.
Als wäre dein neues Zuhause etwas anderes, als
der Boden von Mutter Natur.

- Fühl dich Wilkommen, denn zu Hause ist überall

Der größte Verrat
an Mutter Natur
ist, wie sich die Menschheit schamlos das Recht nahm,
sie zu erobern,
obwohl sie jedem von uns ein Zuhause bot.
Das Schlimmste ist, dass obwohl
sie genug Ressourcen für uns alle hat,
leider zu viele die Dreißtigkeit besitzenn, nicht zu teilen.
Während andere in Armut umkommen,
bauen andere wiederum ganze Imperien auf Leichen auf.

- Endet die Armut

In was für einer Welt leben wir,
wo es Familien gibt, die so reich sind, dass
ganze nachfolgende Generationen nicht arbeiten müssen,
während an anderen Orten auf dieser Welt,
mehrere Generationen,
sogar Kinder,
arbeiten müssen, um überhaupt zu überleben?
In was für einer Welt leben wir,
wo manche im Überfluss schwimmen,
während andere in Armut ertrinken?

- Niemand sollte gesättigt schlafen, während andere von Essen nur träumen können

Ich werde nie verstehen,
wie undankbar Menschen sein können.
Wie sie nicht schätzen, was sie haben und
Lust auf mehr verspüren, egal wie viel
der Preis kosten wird.

- Unersättlicher Durst

In einer Welt,
in der Menschen so isoliert sein wollen wie Medusa
und denken, sich auszugrenzen, wird sie
vor dem Unvermeidlichen schützen,
sei Aphrodite.
Liebe alle gleich und habe keine Angst vor dem Schlechten,
denn solange du die Liebe selbst verkörperst,
wird auch das Leben liebevoll zu dir sein.

- Wir sind nicht dafür bestimmt einsam zu sein

Mutter Natur
hat uns alles gegeben, was wir brauchen.
Hat uns mit Liebe gezeigt, dass wir erfolgreich sein können.
Hat uns gezeigt, dass Sexualität vielseitig ist,
keine sündhaft verbotene Frucht.
Hat uns gezeigt, dass es Gutes und Schlechtes gibt,
damit wir sowohl glücklich, als auch traurig sein können.
Hat uns gezeigt, dass beides zusammen eins ist.
Ohne das eine wäre alles weg.
Hat uns den wahrhaftigen Schlüssel gegeben,
auf dass wir in der Lage sein würden, zu begreifen,
dass es tatsächlich die Vielfalt ist,
welche der wahre Sieg dieser Welt ist.
Jedoch sind wir zu blind, um zu verstehen,
wir müssen nicht um ein Land kämpfen,
was nicht einmal uns gehört.
Doch nun zählen wir die Stunden,
bis wir endlich verstehen,
dass diese Welt enden wird.

- Wir haben dich getötet und fragen uns dennoch wo die Liebe geblieben ist

Wie schnell
aus einem Virus eine globale Pandemie wurde
und bevor du es überhaupt bemerkt hast,
rannten alle mit Masken rum.
Wie langsam aber sicher
der Klimawandel zur Bedrohung wurde
und es gibt immer noch keine
konsequente Maßnahmen.

- Rettet den Planeten

Eine Pandemie ist gefährlich.
Nicht unbedingt wegen des Todes,
denn der Sensenmann wird dich so oder so holen,
wenn es für dich bestimmt ist.
Während der Isolation bist du gezwungen
dich selbst kennezulernen.
Während die Zeit vergeht,
erfährst du mehr über dich selbst und
wenn du mutig genug bist, wirst du
dich selbst zu lieben lernen.
Und sobald du eine Beziehung zu dir selbst hast
wirst du begreifen, dass
niemand dir so nahe sein kann, wie
du bereits selbst
und was ist gefährlicher, als
eine unabhängige Person?

- Bereit zu übernehmen

Der Grund warum
Minderheiten auf unsere Unterstützung angewiesen sind, ist, dass
wir nur gemeinsam wirklich etwas bewirken können.
Jede Stimme zählt und ebenso jede Unterstützung.
Jeder hat Anspruch auf Menschenrechte und
wir kämpfen immer noch dafür.

- Ünterstützt für jedermanns Komfort

Der Regenbogen
steht für Harmonie.
Es ist die Verbindung zwischen
dem Göttlichen und des Irdischem.
Mutter Natur verzaubert uns damit,
nachdem sie ihre Tränen vergossen hat.
Ihr lächelndes Licht erscheint wieder,
um uns daran zu erinnern, dass sogar nach dem Schlechten
etwas Magisches entstehen kann.
Der Regenbogen ist das Symbol wahrhaftiger Gemeinschaft und
nichts wovor man Angst haben sollte.

- Der Regenbogen appelliert nicht zur Sünde, sondern zur Einheit

An alle LGBTQ+ Mitglieder,
es tut mir aus tiefstem Herzen leid,
dass du dich einer der härtesten Prüfungen aller Zeiten
stellen musst.
Dass du mit Hass begrüßt wirst,
wo du doch die Verkörperung der Liebe bist.
Dass sie ihr Gehirn nicht dazu benutzen können,
dein Herz auch nur ein bisschen zu verstehen.
Dass sie dich für die Verkörperung des Bösen halten,
als wären sie selbst rein.
Dass sie mit ihren dreckigen Fingern auf dich zeigen,
während deine unschuldigen Hände bereit sind zu beten.
Dass sie nicht begreifen können,
dass ihr Hass bereits deine Sühne ist, für das wahrhaftig Böse
zu dem sie dich verleiten.

- Sie verbieten dir zu lieben, als ob sie jemals dazu fähig wären

An alle religiöse LGBTQ+ Mitglieder,
Gott liebt dich.
Er testet die, die er liebt, wie er will.
Du musst deine Liebe nicht opfern, um
Ihn zu lieben.
Viel eher
testet er dich darin, ob du
deine Liebe zu ihm nicht aufgibst,
trotz der Umstände, die dir im Weg stehen.
Er testet deine Familie, ob ihre
Liebe bedingungslos ist,
trotz eines menschengemachten Rufes.
Er testet diese Gesellschaft, ob sie
dich akzeptiert und respektiert, so wie du bist,
trotz ihrer konservativen Traditionen.
„Gott bürdet keiner Seele mehr auf, als dass
sie tragen kann..“ {Koran 2:286 }
Er weiß, dass du viel stärker bist, als
der Hass, welchen man
dir entgegen bringt.

- Du verdienst Liebe, da du die Verkörperung dessen bist

An alle muslimischen LGBTQ+ Mitglieder,
du brauchst keine andere Person,
dir dir sagt was falsch oder richtig ist.
Du bist der einzige, der es weiß.
Du bist derjenige, der den Kampf kämpft.
Ob du es auslebst oder nicht,
geht uns am Emde gar nichts an.
Ich hoffe nur du verstehst, dass
ein versteckter Segen in dieser Weisheit liegt.
Dein anders schlagendes Herz ist
der Schlüssel zu echtem Mitgefühl.
Du bist die Liebe, welche diese Welt braucht,
um echte Zufriedenheit zu erlangen.
Es steht alles geschrieben,
nichts ist falsch mit dir.
Ich liebe dich um Allah's Willen,
ich bin einer von dir.

- Du kannst ein LGBTQ+ Mitglied sein und immernoch Muslim

Als LGBTQ+ Muslim
schäme ich mich dafür, dass mein Volk davon ausgeht, es sei eine Wahl.
Dass sie die Kühnheit besitzen, meine Stimme zum schweigen zu bringen.
Dass sie vergessen, dass Allah swt. jeden individuell testet
und ob du es zugibst oder nicht, Er weiß was du heimlich tust.
Du wählst deine Emotionen nicht aus, lediglich wie du damit umgehst.
Hört auf uns in den Wahnsinn zu treiben,
denn Ihr bringt uns dazu aufgeben zu wollen.
Ihr vernachlässigt eure Pflicht,
indem ihr unsere Mitglieder vergewaltigt und tötet.
Ihr bereinigt uns nicht, ihr verliert euch nur selbst in der Glut des Hasses.
Benutzt keine unauthentischen Hadithe, um euren Hass zu rechtfertigen,
wo doch Frieden und Liebe die wahre Bedeutung unseres Glaubens sind.
Wagt es nicht aufdringlich zu sein, kontrolliert nicht ihre Schlafzimmer,
denn Gott weiß, ob sie besser sind als einige von euch Bräutegame.
Wir sollten unsere Sünden nicht vergleichen, denn böse ist böse.
Wünsche uns Erleichterung für eine Prüfung,
die uns bereits traurig genug macht.
Hört auf andere auszuschließen, sie bekämpfen ihre eigenen Dämonen.
Hört auf andere zu verurteilen, denn wir haben alle unsere eigenen Gründe.
Ihr drückt uns weg mit eurer Ignoranz und Wut.
Ihr seid der wahre Grund, warum diese Welt in Gefahr ist.
Wir müssen akzeptieren, dass das Böse existiert,
jedoch ist es weit aus mehr als zwei Leute, die sich küssen.
Wenn ihr wirklich an Allah swt. glaubt, dann versucht eure Liebe zu übertragen,
damit wir alle die heiligen Worte, von oben, verstehen.
Wir sind alle eins, egal welche Nation, Geschlecht oder gar Sexualität.
Nur Allah swt. kann uns richten und das ist
die ursprüngliche Moral.

- "Wenn jemand einen Menschen ungläubig oder den Feind Gottes nennt, der es nicht ist, so kehrt es zu ihm zurück." - Prophet Mohammed saw. (anerkannt Bukhari 10/377 Muslim 61)

Ich werde es nie verstehen,
wie manche Leute die Kühnheit haben,
jemandem das Leben zu nehmen.
Als ob etwas selbst lebendes jemals dazu bestimmt war,
den Tod zu verursachen.
Als ob der Tod jemals eine Lösung für alles sein könnte.
Als ob das Böse jemals mit
Mord bereinigt werden könnte.

- Verbietet die Todesstrafe

In einer Welt,
in der man alles erdenkliche versucht kalt zu sein,
will ich mir mein Herz bewahren.
Denn in einer Welt,
in der ein Egoist als Gewinner hervorgeht,
will ich als Verlierer fortfahren.
In einer Welt,
in der man eine Mauer als Schutzmaßnahme um sich baut,
will ich meine fallen lassen.
Denn in einer Welt,
in der man alles erdenkliche tut, um nichts fühlen zu müssen,
will ich jede Emotion zulassen.
In einer Welt,
in der man versucht reinzupassen, um nicht aus der Reihe zu tanzen,
will ich auffallen.
Denn in einer Welt,
in der alles bloß Schwarz und Weiß gesehen wird,
will ich in allen Farben erstrahlen.

- REFORMIERT DIESE WELT

An die ganze Welt,
ich habe euch mein gutmütiges Herz geschenkt,
ihr habt es mit eurer eisigen Kälte paralysiert.
Ich habe euch liebliche Worte gegeben,
ihr habt sie mit eurer hasserfüllten Ignoranz verstummt.
Ich habe euch meine helfenden Hände greicht,
ihr habt sie mit eurer hochmütigen Arroganz abgelehnt.
Ich gab euch wirklich alles, was ich hatte,
doch ihr habt alles so dermaßen zerstört, bis ich fast verblutet bin.
Einsam und verlassen von allem was mir lieb ist.
Ihr habt meinen Körper und meine Seele mit blutenden Wunden gezeichnet,
welche auch die Zeit nicht heilen kann.
Stattdessen streut jedes noch so kleine Ereigniss Salz auf die Wunde und es beginnt höllisch zu schmerzen.
Oh diese elenden Qualen, welche ich ertragen muss,
während ihr glücklich euer Leben lebt,
werdet ihr nie begleichen können.
Oh diese heißen Tränen, welche meinen kalten Wangen entlanglaufen und mir ein Gefühl des Ertrinkens geben,
werdet ihr nie trocknen können.
Oh dieses blutende Herz in meiner engen Brust,
welches mir den Atem raubt,
werdet Ihr nie heilen können.

- Ich vergebe euch

Ich möchte verschwinden und vergessen sein,
denn ich befürchte mein Herz ist nicht mehr rein.
Ich fühle, wie meine Sünden an meinem Hals entlanglaufen.
Lieber Gott, ich flehe dich an,
lass mich meine Unschuld zurückkaufen.

- Der Schmerz des Glaubens

Es war einmal
eine Zeit, da war ich unschuldig, wie Schneewittchen,
mein Naivität ließ sie rot sehen.
Sie haben mich immer gehasst, ohne jeglichen Grund,
sie wollten mich tot sehen.
Ich war anders, wie Ariel und merkte, dass ich nie wie sie war,
während ihre Fremdenfeindlichkeit mich als großes Problem ansah.
Ich war mutig, wie Mulan, bereit mich durch den Sturm zu kämpfen,
mich zu Wort melden und gegen die fehlgeleitete Norm stehen.
Ich war entschlossen, wie Tiana, für meine Träume zu kämpfen.
Ich habe mich nie wirklich um die gewöhnliche Norm gekümmert.
Ich war geduldig, wie Aschenputtel, habe den ganzen Stress ertragen,
bis ich eines Tages endlich meinen Erfolg erlangt habe.
Ich wurde königlich, wie Jasmin und schmeckte die Magie dieser Welt,
nur um herauszufinden, wie tragisch sie doch in Wahrheit ist.
Ich hatte Angst, wie Elsa, bin vor den Leuten geflohen, die mich gejagt haben.
Hatte Angst vor meiner eigenen Macht und lehnte meine berechtigte Krone ab.
Ich wurde reumütig, wie Merida, habe mich meiner Familie ergeben,
denn letztendlich sind sie es, die mich wahrhaftig bedingungslos lieben.
Ich stand auf, wie Dornröschen, bin aus einer Illusion erwacht,
zu einem unbezahlbaren Verständnis, frei von jeglicher Form der Verwirrung.
Ich wurde mir im Klaren, wie Belle, benutzte meinen Verstand,
um durch ihre Fassaden zu sehen.
Erkannte, dass es nie sowas, wie verschiedene Rassen gab.
Ich wurde nobel,wie Pocahontas und baute eine Brücke zwischen Gut und Böse,
denn das muss wohl meine Bestimmung sein,
damit niemand missverstanden wird,
Nun
bin ich introvertiert, wie Rapunzel, widme mich meinem Schicksal zu,
nachdem ich herausgefunden habe, dass diese Welt nicht Wert ist die

- Flucht

Sie sagen dir :
„Glaube an dich selbst",
aber
wir Menschen tun oft Dinge,
die entgegen unserem eigentlichen Willen sind
und wenn man selbst eine Unsicherheit besitzt,
so wie Zweifel und Ängste,
die dich auf deinem Weg behindern können,
wie
kannst du dir dann voll und ganz vertrauen und
ohne jegliche Zweifel?

- Du musst auf eine höhere Macht vertrauen

Wenn du glaubst und weißt,
dass etwas über dir,
vollkommen perfekt,
alles besser kann,
dann hast du eine Sicherheit,
einen Glauben,
tief im inneren aufgebaut,
dann kannst du darauf vertrauen, dass
am Ende alles gut wird,
solange du selbst das Gute verkörperst.

- Das Gesetz der Anziehung

Wusstest du, dass wenn
der Urknall
nur eine Millisekunde später
oder nur eine Millisekunde früher
stattgefunden hätte,
diese Welt nicht einmal existieren würde?
Dieser perfekte Zeitpunkt passt nicht in den Zufall.

- Zufälle gibt es nicht

Es gibt keinen Zufall,
alles ist vorherbestimmt.
Jetzt fragst du dich, wie kann das sein,
wo es doch so viel Leid auf dieser Welt gibt?
Doch wenn es kein Leid gibt,
was wäre dann die Bedeutung
eines Lebens, dass selbst
eine Ende hat?

- Wir werden geführt, aber nicht gezwungen

Wie kann jemand annehmen,
es gäbe nichts nach dem Tod.
Als ob wir alle nur leben um zu sterben
und das wars.
Als wäre der Tod
ein faires Ende für die Schlechten.
Als wäre der Tod
ein faires Ende für die Guten.
Als ob unsere Existenz keine
tiefere Bedeutung hat.

- Verleugne nicht, was du bereits weisst

Kein Toter
ist jemals zurückgekehrt.
Es wird sich entweder
dermaßen lohnen oder aber
dein ultimatives Ende sein.

- Sei nicht naiv, zu glauben, du wirst entkommen, ohne zu bezahlen

Die Sache mit dem Tod
ist, dass er dich jede Sekunde besuchen kann.
Du wirst nie wissen, wann
er an deiner Tür klopfen wird.
Deshalb solltest du besser
dieses Leben schätzen,
denn früher oder später
wirst du wissen, was dich auf
der anderen Seite erwartet.

- Du bist nicht bereit dafür

An alle, die jemanden verloren haben,
es tut mir leid für euren Verlust.
Mögen sie in Frieden ruhen.
Sie werden für immer in euren Herzen bleiben
und ihre schönen Taten werden
für immer als positive Energie verbleiben.
Umgibt euch damit,
fühlt sie in eurer Nähe.
Es ist okay, ein paar Tränen zu vergießen.
Es ist okay, Angst zu haben.
Verliert euch nur nicht in
das Unvermeidliche.
Eines Tages werden wir alle sterben
und bis zum Tag der Wiedervereinigung,
mach sie stolz.

- Vergiss nicht, dass du noch lebst

Die Sache mit der Religion
ist, dass es nichts anderes als ein Glaube ist,
was wiederum nichts anderes als
zu glauben bedeutet.
Wenn du
an das Gute glaubst,
solltest dir Sorgen um dein eigenes Herz machen,
anstatt andere zu verurteilen.
Denn wenn du wirklich
an das Gute glaubst,
musst du selbst gut sein,
um dem Guten überhaupt
würdig zu sein.

- Gott beobachtet dich

Ich habe mich immer wie eine Schachfigur,
zwischen Gott und dem Teufel gefühlt.
Hin und hergerissen zwischen richtig und falsch.
Intern gespalten zwischen Gut und Böse.
Wie dumm ich doch war, zu denken,
der Teufel könnte jemals gegen seinen Schöpfer ankommen.
Gott spielt kein falsches Spiel.
Er ist überhaupt kein Spieler.
Er ist der Beobachter.
Das wahre Spiel ist zwischen den Menschen und dem Teufel.
Er verspricht dir einen sicheren Sieg,
will dich auf seine Seite ziehen.
Er war schon immer ein schlechter Verlierer.
Hat geschworen, dass wenn er untergehen muss,
er so viele mit sich ziehen wird, wie
er kann.

- Schachmatt

Die Idee des Lebens, als Utopie,
gleicht der Idee des
Paradieses auf Erden,
doch
um das Ultimative zu erlangen,
musst du die Vorstufe verstehen und
bestehen.

- Das Leben ist ein Test

Sie wollen, dass du denkst,
Sünden seien übertrieben und veraltet,
damit du nach Regeln lebst,
die dich vom echten Glauben fernhalten.
Sie wollen, dass du alle Moral aufgibst,
um nach einer Freiheit zu streben,
die wir in diesem Leben nie erlangen werden,
da es ein von Menschen gemachtes Königreich ist.
Sie wollen, dass wir verzweifelt genug sind, alles zu versuchen,
nur um herauszufinden, dass
alles uns nichts geben wird.

- Diese Welt wird dich nicht erfüllen

Der Grund, warum wir an Gott glauben,
liegt nicht darin, dass wir die Regeln lieben oder gar verstehen.
Viel mehr liegt das Verständnis einer Religion darin,
die Komplexität des Lebens dem Schöpfer zu überlassen.
Zu wissen, dass Er es ist,
der dir geben wird, was auch immer du dir wünschst,
wenn du nur klug genug bist zu
vertrauen.

- Glauben heißt vertrauen

Sie sagen: „Glaube
oder fürchte dich vor der Hölle, als deine Ruhestätte."
Welch ein Widerspruch
dir Gott nahelegen zu wollen
und dich doch ständig an den Teufel zu erinnern.
Wenn du jemanden von etwas positivem überzeugen willst,
wirst du es nicht durch etwas negatives erzielen können.
Sag den Menschen folgendes:
„Glaube daran, dass alles seinen Sinn hat.
Glaube an den Glauben zu deinem besten Wohl.
Glaube an das Gute in anderen,
da du es ebenfalls in dir trägst.
Glaube an dich selbst,
da du hier aus einem Grund bist.
Glaube an das Leben,
denn es ist ein Geschenk,
keine Bestrafung.
Glaube an dich selbst,
damit du glauben kannst an
Gottes Plan.

- Glaube für deinen Frieden und nicht aus Angst heraus

Die aller erste Sünde,
die ein Mensch jemals begangen hat,
war seinem Gelüste zu folgen.
Jedoch die aller erste Sünde,
die all das hier begonnen hat,
war die Arroganz des Teufels,
zu denken er sei besser als
Gottes Schöpfung.

- Wir kommen alle vom selben Schöpfer

Wenn
jemand einen durchsichtigen Ganzkörperanzug trägt,
ist er dann bedeckt oder nackt?
Die Antwort ist relativ,
wohingegen der Fakt ist,
dass es nicht von Bedeutung ist
ob du etwas tust,
sondern viel eher geht es darum,
wie du etwas tust.

- Intentionen überwiegen Taten

Der Grund warum
das Schlechte existiert,
ist nicht damit du urteilen kannst,
sondern
damit du begreifen kannst, warum
du nach besserem streben solltest.

- Verurteile dich selbst

Schätze das Gute in Menschen
und sieh zu, wie es wächst.
Stelle das Schlechte in Menschen bloß
und sieh zu, wie es wächst.

- Sei nachsichtig

Wie könnte ich jemals jemanden verurteilen,
wenn ich doch selbst nicht perfekt bin.
Wie könnte ich jemals Gottes Schöpfung hinterfragen,
Wenn ich doch selbst von Ihm komme.
Wie könnte ich jemals jemanden etwas verbieten,
wenn Gott uns doch allen einen freien Willen gegeben hat.
Wie könnte ich jemals das Ende von jemanden wollen,
wenn sogar Gott uns gesagt hat, wir sollen nicht töten.

- Du kannst Gottes Aufgabe nicht übernehmen

An alle Haram – Polizisten,
denkt ihr denn wirklich, es sei
eine freundliche Erinnerung,
jemanden öffentlich bloßzustellen?
Denkt ihr denn wirklich, ihr könntet
jemanden Gott nahebringen,
wo ihr doch diejenigen seid, die sie
vom Glauben abbringen?
Denkt ihr denn wirklich, es sei Gottes Wille,
der aus euch spricht und nicht etwa
die Arroganz des Teufels,
die euch glauben lässt,
ihr seid besser, als das?

- Verhaftet euch selbst

Wenn sie dich jemals wieder verurteilen sollten,
denk daran,
ihre Ignoranz bloß nicht mit Rechtleitung zu verwechseln,
denn es ist nicht Gott, der aus ihnen spricht, sondern der Teufel.

- Gott liebt dich

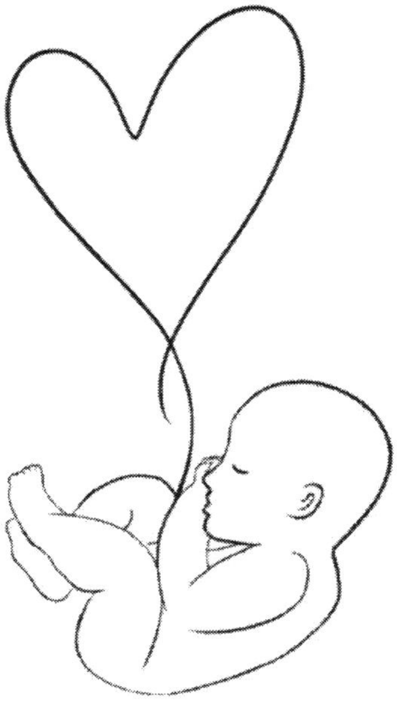

Wenn
du wirklich willst, dass jemand
glaubt,
musst du ihm Verständniss entgegenbringen,
auf dass auch sie dich verstehen,
denn wenn du sie angreifst,
werden sie sich nicht
Wilkommen fühlen.

- Jeder kann glauben

Die Wahrheit
kannst du niemandem aufzwingen.
Die Wahrheit muss selbst gefunden werden,
denn ein blinder Mann, kann die Dinge nicht sehen,
ganz gleich wie sehr du sie ihm erklärst.
Nur wenn er sie selbst spürt,
wird er jegliche Zweifel ihrer Existenz los.

- Gott leitet Recht wen er will

Ich bin sicher,
Ich hätte
vieles verstanden,
wenn man es mir nicht aufgezwungen
hätte.

- "Es gibt keinen Zwang im Glauben.." (Quran, 2:256)

Sie haben mein Herz hintergangen,
mich von Gott getrennt,
meinen Wert beschmutzt,
deutlich gemacht, dass ich fehlerhaft bin,
der Liebe ihre Reinheit genommen,
meinen Optimismus ertränkt,
mich geformt,
mich zerstört.
Es liegt an

- Mein Exorzismus

Wenn
das Ausleben
diverser Sexualitäten eine Sünde ist,
ist eine Sache klar:
Es ist die aller schönste Sünde,
die jemals existiert hat.

- Liebhaber in der Hölle

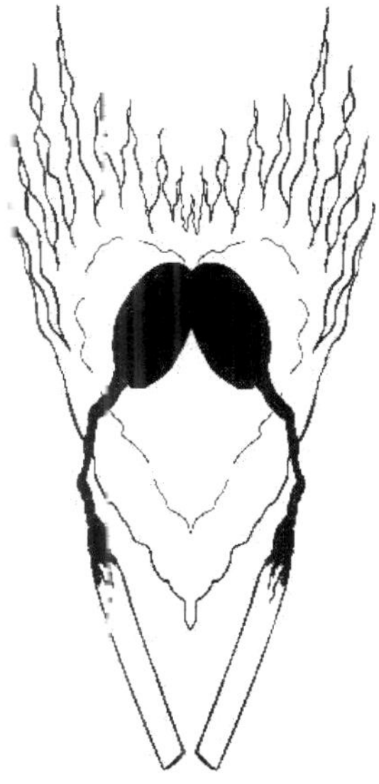

Sie sagen, es sei gegen die Natur,
doch was ist mit den ungefähr
1500 Tierarten, die homosexuell sind?
Sie sagen, Tiere töten sich gegenseitig und sind keine
Vorbilder,
doch anscheinend reicht es für den Vergleich.
Sie sagen, Männer sind dazu da um sich fortzupflanzen,
doch was ist mit den Frauen, die
keine Kinder gebären können?
Sie sagen, Gott macht keine Fehler, du darfst dich nicht
verändern,
doch was ist mit den Hermaphroditen, die
nicht eindeutig ein Mann oder eine Frau sind?
Sind das etwa Gottes Strafen oder nicht
viel eher

- Zeichen für die Denkenden

Meine Augen nehmen sie wahr, als
die Schönste, die es je gegeben hat,
doch ich sollte nicht mit meinen Augen lieben.
Meine Ohren nehmen ihre Stimme wahr, als
die schönste Melodie, die ich je gehört habe,
doch ich sollte nicht mit meinen Ohren lieben.
Mein Körper ist das verlorene Puzzleteil zu
dem Meisterwerk ihres Körpers,
doch ich sollte nicht mit meinem Körper lieben.
Meine Seele sehnt sich nach ihrer,
denn ich habe mein ganzes Leben lang nach ihr gesucht,
doch ich soll die Seele eines Mannes lieben.
Ich frage mich, ist es denn nicht
die Seele, die dich ausmacht,
nicht die Hülle drumherum.
Ich meine, ist es nicht
die Seele, die in dich hineingehaucht wird und
der Körper nur für kurze Zeit.
Jedoch wenn ich nur die Seele liebe,
warum kann ich keinen Mann lieben?
Ich wünschte, sie wäre ein Mann, auf dass
ich ihre Seele lieben darf.

- Seelische Verbindung

Je mehr ich mich mit meiner Sexualität beschäftige,
desto mehr merke ich, dass es tatsächlich
nichts weiter als ein Gefühl ist
und so komplex wie Gefühle nunmal sind,
hat niemand eine Garantie dafür, in wen wir uns verlieben.
Ich weiß wahrscheinlich tief im Inneren, dass
ich mich unter den richtigen Umständen in einen Mann verlieben
könnte,
doch ich weigere mich den Teil von mir aufzugeben, welcher
mein ganzes Leben lang darum gekämpft, einfach sein zu dürfen.
Ich denke, wenn Liebe als Krankheit anstatt als Tatsache
angesehen wird,
macht der Druck wirklich was mit der Psyche,
bis die Seele nicht anders kann, als zu
widerstehen.

- Hass ist kontraproduktiv gegen die Liebe

Wenn ich daran denke warum
die Liebe eine Sünde sein könnte,
ist die einzig logische erklärung
Ordnung.
Richtig verstandene
Religion sorgt dort für Ordnung, wo
es Meinungsverschiedenheiten gibt.
Daher sind Gedanken und Emotionen niemals sündhaft,
doch nach ihnen zu handeln kann sündhaft werden.
Vielleicht liegt die Sünde nicht unbedingt darin,
dass die eigenen Gefühle böse sind,
sondern damit, die Gefühle unserer Umwelt
nicht ausarten.
Vielleicht ist es eine Art Opfer, dass man bringen muss,
damit diese Welt nicht ausartet.
Letztendlich hat jeder das Recht und die Freiheit,
zu fühlen und zu denken was man will,
doch vielleicht sollten nicht alle Gefühle ausgelebt werden.
Was ist, wenn die Sünde nicht im Gefühl selbst liegt,
sondern in den daraus resultierenden Konsequenzen?
Vielleicht war die Liebe nie für die Vielseitigkeit gedacht.

- Vielleicht

Ich frage mich, ob
die Liebe wie Essen ist.
Du musst sie probieren,
um zu wissen ob
sie schmeckt.
Vielleicht
hätte ich widerstehen müssen,
um zu vermeiden, dass
eine Sünde zu meiner Lieblingsmahlzeit wird.

- Verbotene Frucht

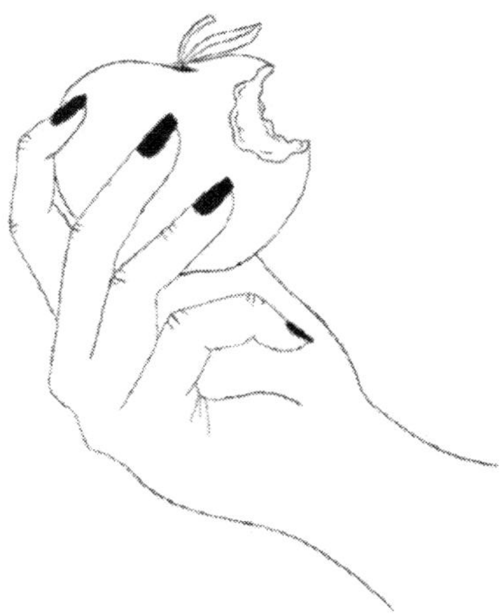

Die einzige Frau, die ich je geliebt habe,
hat mich abgelehnt,
mich gebrochen,
mich traumatisiert.
Ich frage mich, ob
das Gottes Zeichen war,
um mich von dem fernzuhalten,
was mir nicht gut tut.
Ich finde es nur schade,
dass wir zuerst sterben müssen, um zu verstehen,
warum Gott bestimmte Dinge verboten hat.

- Vergib mir Gott, denn ich habe gesündigt

Als LGBTQ+ Muslim,
möchte ich, dass die Welt versteht, dass ich nach Lücken suchte.
Als ob allein mein tiefer Wunsch jemals die Tatsachen ändern würde,
dass Gott es besser weiß und er es aus mehreren Gründen verbietet,
auf dass wir beschützt sind, während wir ettliche Phasen durchlaufen.
Es mag hart klingen, aber die Wahrheit ist bitter süß.
Es ist nur zu deinem Besten, dein Kummer ist nicht nötig.
Natürlich kannst du Verse auf deine eigene Weise interpretieren,
tatsächlich habe ich es selbst gemacht, aber es hat mich nur weggezogen
von dem, was ich blind war zu sehen, weil ich so hart gekämpft habe.
Ich wollte es ehrlich gesagt nicht sehen, weil ich so verwundet war.
Liebe ist keine Sünde, sondern das, was du daraus machst.
Wenn du Gott wirklich prioritisierst, wirst du bisschen warten können,
denn im Paradies bekommst du alles, was du willst,
solange du dich in diesem Leben vom Feuer fernhältst.
Versteh mich nicht falsch, ich bin immer noch diese lesbische bitch,
aber mit meiner Liebe im Himmel zu sein, ist das was ich wünsche.
Stell dir vor, von dem Größten dort oben getestet zu werden,
nur um zu sehen, wie sehr du dich wirklich nach wahrer Liebe sehnst.
Dieses Leben ist nicht von Dauer, aber wahre Liebe ist es,
deshalb will ich meine Liebe
für immer und ewig und nicht nur in diesem Leben.

- "..Gott bürdet keiner Seele mehr auf, als das sie tragen kann.."
(Quran, 2:286)

An die einzige Frau, die ich jemals wirklich geliebt habe,
ich schlafe immer noch in deinem Pyjama,
während ich meine eigene Hand halte.
Ich weine immer noch einer Liebe hinterher, die nicht so gelaufen ist,
wie wir es geplant hatten.
Unsere verträumte Liebe war nie eine böse verbotene Sünde,
doch zwischen Ausleben und Fühlen liegt ein schmaler Grad
Es ist quälend, sich von dem fernzuhalten, was man am meisten liebt.
Ich will dich so sehr, nur bin ich mir nicht sicher, ob wir uns
den Preis leisten können.
Ich weiß, dass Gottes Barmherzigkeit uns überhaupt
zusammengebracht hat,
um diese Welt in ihrer Empathie zu testen, indem Er beweist,
dass die Liebe keine Schande ist..
Ich bete für dein Lächeln, das mein Leben für immer verschönern wird.
Ich bete, dass du wenigstens im Paradies endlich meine Frau wirst.
Ich bete, dass du und deine liebevolle Familie gesund, geführt und
beschützt werdet.
Ich bete, dass sie dich in Mitgefühl umhüllen, auf dass du nicht
missverstanden wirst.
Ich bete, dass ihr euch alle niemals von Gottes Weg abwendet.
Ich bete, dass wir am jüngsten Tag, Gewinner sein werden.
Ich bete, dass du in deinem Schmerz, Kraft findest und er dich
Weise macht.
Ich bete, dass ich dich eines Tages begrüßen werde mit

- Wilkommen im Paradies

Genau genommen
existieren Grenzen nur in meinem Kopf.
Genau genommen
kann ich machen, was ich will.
Genau genommen
ist nichts wichtig, ehe ich ihm eine Bedeutung gebe.
Jedeoch
hat mein Verstand Angst, dass es ein Risiko ist,
dessem wahre Antwort nur der Tod kennt
und eines weiß ich ganz sicher:
Falsch zu liegen, wird schlimmer sein, als Recht gehabt zu haben.

- Sei abenteuerlustig, aber riskiere niemals deine Seele

Man könnte denken
ich widerspreche mir selbst,
aber die Wahrheit ist,
ich bin der Widerspruch in Person.
Ich bin die Brücke
zwischen richtig und falsch,
zwischen gut und böse,
zwischen Engel und Dämon.

- Wahnsinn

Was wird passieren, wenn
ich im Namen der Liebe sterbe?
Werde ich als Märtyrerin zu dem Größten dort oben
zurückkehren?
Werde ich für das Feuer in meinem Herzen brennen, welches ich
nicht löschen konnte?
Werde ich dafür verurteilt, dass ich eine Liebe empfand, die ich
nicht trennen konnte?
Bekomme ich Antworten auf die Fragen, die mich
wahnsinnig gemacht haben?
Werde ich hören, dass meine Existenz eine Verkörperung des
Bösen war?
Werde ich dafür gelobt, dass ich verstehe, dass wir alle eins sind?
Werde ich das Paradies betreten,
auf dass der Schmerz endlich vergehen wird?

- Blast das Horn

Am Ende
sind wir alle Sünder und werden zur Rechenschafft gezogen.
Wir wissen nicht, wessen Herz wahrlich verdorben ist,
doch ganz gleich wer wen als Liebhaber auswählt,
vergiss nicht, dass dein Nachbar dein Bruder ist.

- Liebe ist keine Erlaubnis für Hass

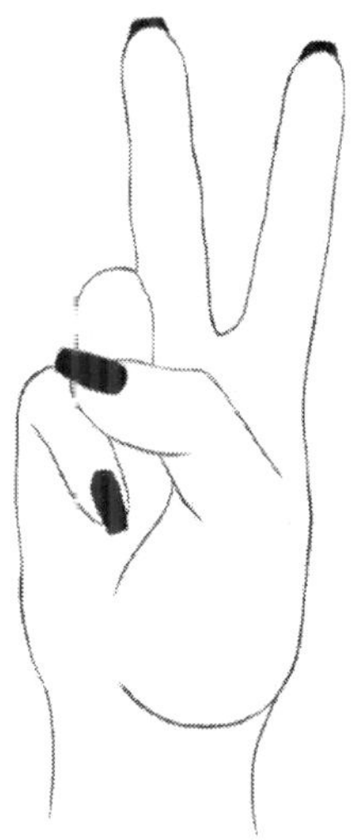

Wenn
ich glücklich genug sein werde, um
das Paradies zu betreten,
so werde ich Gott darum bitten,
bei all meinen Tränen,
die in meine Gebete geflossen sind,
das Höllenfeuer damit zu löschen.
Bei all dem Bösen,
dass sie achtlos verursacht hat,
werde ich Gott darum bitten,
sich ihrer zu erbarmen.
Bei all dem Schmerz,
den ich in diesem Leben ertragen habe,
werde ich Gott darum bitten,
den Schmerz anderer zu
erleichtern.

- Menschlichkeit über Moral

Wenn
das Ausleben diverser Sexualitäten eine Sünde ist,
so ändert das nicht den Fakt, daass
Gefühle niemals sündhaft sind.
Denn Emotionen sucht man sich nicht aus,
daher ist die Sexualität,
als auch die Identität
ein jedes Individuums,
keine Sünde.
Natürlich
obliegt es einem selbst,
ob man seinen Begierden nachgeht
oder nicht.
Jedoch sollte man nicht erwarten, dass
andere ihre Liebe unterdrücken, wenn man sebst nicht einmal
im Stande ist, seine Wut im Zaun zu halten.

- Jeder mit seinen eigenen Sünden

Warum
Zeit und Energie in das Unmögliche
verschwenden,
wenn
wir doch alle niemals
auf den selben Nenner kommen werden.
Stattdessen
sollten wir ganz einfach das Mögliche
realisieren.

- ‘‘Sprich Gutes oder schweig ‘‘ - Prophet Mohammad saw.

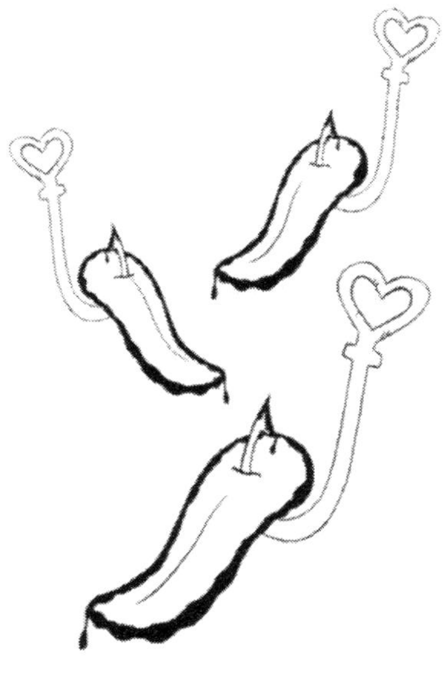

Ich verstehe nicht, wie ignorant ein Mensch sein kann
und nicht weißt oder gar sehen kann,
was für eine heilige Person Muhammad, Friede sei mit ihm, war.
Er war ohne Pause der Freundlichste, sogar zu den Schlimmsten.
Er hat jedem Hoffnung gegeben, denn es lag in seiner Natur.
Er sah das Beste in jedem, er brauchte nicht einmal einen Grund.
Er hat nie eine Schandttat begangen,
die Zeit wurde damals anders gezählt.
Tatsächlich war er der ersten Feminist, er war ein richtiger Mann.
Er besuchte sogar seine Feinde, wenn sie ihn mal nicht verspotteten,
denn Er war um ihr Wohlergehen besorgt, da Frieden unser Glaube ist.
Er hat jeden einzelnen verziehen, er hätte auch dir vergeben,
denn es ist uns verboten nachtragend zu sein und daher
nicht das, was wir tun.

- Sei nie wieder respektlos gegenüber unserem Propheten saw.

Die Wahrheit über den Islam
Ist, dass der Koran, in der Originalsprache,
das einzige Buch weltweit ist, das niemals verfälscht wurde.
Jedoch wenn es um die Übersetzungen geht,
kann es einige fatale Fehler enthalten,
die durch die Schwierigkeit des Übersetzen verursacht werden.
Viele Skeptiker nutzen dies, um auf nicht vorhandene Mängel aufmerksam zu machen,
ohne weiteres zu hinterfragen.
Zudem bietet der Koran viel Raum für Interpretation,
weshalb der Bote Gottes es seinen Gefährten detailierter erklärt hat.
Drum folgen wir Muslime nicht nur dem Koran, sondern auch der Sunna, d.h. das Beispiel unseres Propheten saw.
Viele Terroristen verwenden isolierte Verse des Korans, um Gräueltaten zu rechtfertigen, wobei sie Gründe für die Enthüllungen, als auch historische Kontexte und integrale Verbindungen auslassen.
Daher liegt das Problem des Islams nicht in der Vollkommenheit der Worte Gottes oder sogar das Siegel der Propheten,
viel mehr steckt das Problem hinter der eigenen menschliche Interpretation, sowie das Stille Post - System von Hadithen.
Deren Authentizität bildet ein weiteres Problem,
was zu einigen Meinungsverschiedenheiten geführt hat.
Viele Salafisten verwenden solche Hadithe als Rechtfertigung für extremistisches Verhalten und ignorieren vollkommen ihre Authentizität.

- Das Problem ist nicht die Religion, sondern die Menschen

Der Islam akzeptiert jeden.

Egal wie dunkel deine Seele sein mag,

Allah wird sehen, ob dein Herz rein ist.

Seine Verbote dienen nur zu unserem Besten und doch gab er uns den freien Willen.

Er verachtet unsere Sünden todsicher, dennoch liebt Er uns tiefgründiger, als wir uns das vorstellen können.

Der Islam spricht über das Kapitulieren zu Gott, darüber wer ihm näher ist, als über die, die seine Gesetze verfolgen.

- "..spricht Gutes zu den Menschen.." (Koran 2:83)

Ich glaube an den Koran,
jedoch nicht an die Menschen, welche es zu predigen behaupten.
Ich glaube an Mohammad saw.,
jedoch nicht an die Menschen, welche sich so verhalten,
als hätten sie zu ihm gesprochen.
Ich glaube an den Islam,
jedoch nicht als den ultimativen Schlüssel zum Paradies,
sondern als den ultimativen Führer in dessen Richtung.
Im Endeffekt, egal was wir wissen, Gott weiß, was wir nicht wissen.

- Ich habe lieber den Islam in meinem Herzen,
als auf meiner Zunge

Ich frage mich, wieso
irgendjemand das Lesen des Korans verweigert,
wenn es doch in Wahrheit das einzige Buch weltweit ist,
welches noch nie verfälscht wurde.
Es ist das einzige voraussagende Buch weltweit,
welches erst einige tausend Jahre später
wissenschaftlich bewiesen wurde.
Es ist das einzige Buch weltweit,
welches die vorherigen Schriftem in einer Wahrheit
vervollständigt.

- Ich fordere dich dazu auf es zu lesen, bevor du sprichst

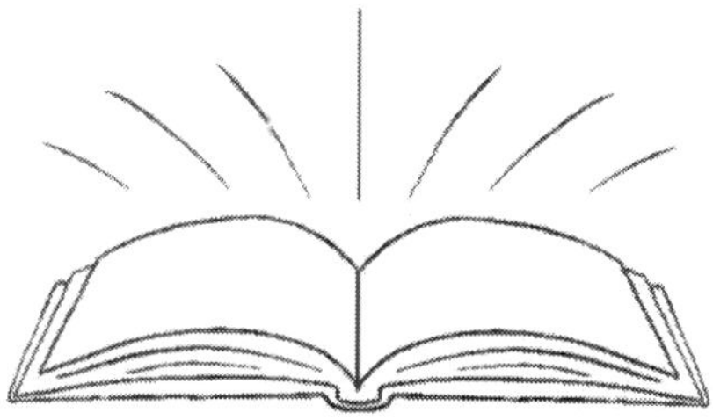

An jeden Skeptiker,
bitte fangt an,
tatsächlich euer Hirn zu benutzen.
Sucht nach der Wahrheit,
anstatt eure Münder zu benutzen,
um Lügen zu verbreiten,
über die ihr kein Wissen habt.

- Dünnes Eis wird brechen

An jeden Terroristen,
hör auf
deinen Wahnsinn mit der heiligen Religion zu rechtfertigen,
wenn in Wahrheit alle Religionen dagegen sprechen.
Hör auf
dich so zu verhalten, als wüsstest du es besser als Gott,
wenn in Wahrheit nur Er über Leben und Tod entscheidet.
Hör auf
das subjektiv Schlechte in anderen zu töten,
wenn in Wahrheit dein innerer Dämon getötet werden sollte.

- Ihr seid gottverlassen und nicht gottesfürchtig

An jeden Extremisten,
hör auf die Kontrolle haben zu wollen,
wenn sogar Gott uns einen freien Willen gab.
Denn Gott glaubte an uns,
auf dass auch wir an Ihn glauben.

- Wenn Ihr Gläubige seid, so solltet ihr auch auf Gottes Plan vertrauen

Ich hab mich immer gefragt, weshalb
wir Gott dienen sollten,
wenn er doch nichts von uns braucht.
Dann fiel mir ein, dass wir Ihm möglicherweise
nicht aus einem Nutzen dienen,
sondern eher als Teil seines perfekten Plans.
Ein Plan, welcher dir die wahre Bedeutung des Seins zeigt.
Ich meine, was ist die Unendlichkeit wert,
ohne Begleiter, welche selbst verstehen können,
weshalb Gott es Wert ist,
angebetet zu werden.

- Wissen ist der Grund für alles

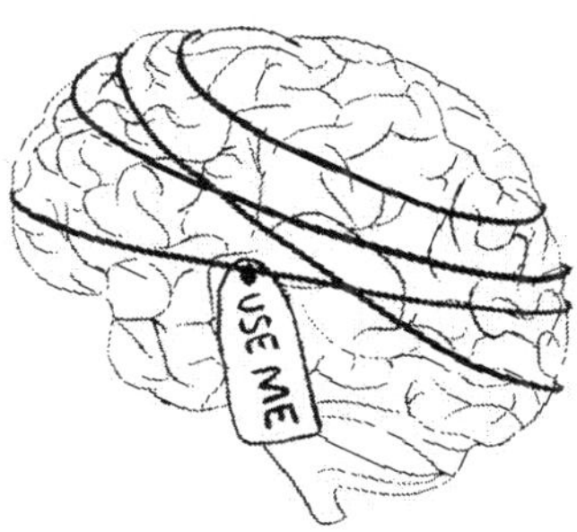

Glaube an was auch immer du möchtest,
jedoch glaube an das Gute.
Nenn es Gott,
nenn es das Universum,
nenn es wie auch immer du möchtest,
jedoch glaube, dass es Gut ist.
In einer Welt voller Gut und Böse
musst du mit deinem Herzen für das Beste glauben,
jedoch mit deinem Gehirn verstehen,
dass auch das Schlimmste existiert.
Du bist mit einem Herzen und einem Verstand gesegnet,
auf dass du begreifen magst,
dass Balance der Schlüssel ist.
Als Mensch
hast du die Wahl an alles Mögliche zu glauben.
Ich hoffe nur,
dass du an das Gute glaubst,
auf dass du dich dazu entscheidest,
selbst gut zu sein.

- Entscheide dich weise

Wenn
das Leben ein Spiel ist
und Gott, der Schöpfer,
dir den Sieg versprach,
weshalb würdest du aufgeben wollen,
anstatt jede einzelne Ebene zu erkunden,
Bis zum Ende,
wenn der Sensenmann dein letzter Feind sein wird,
nur um herauszufinden,
dass er dich krönen wird mit der
Unendlichkeit.

- Das Problem ist nicht die Religion, sondern die Menschen

Hätte
Gott uns perfekt machen wollen,
so hätte er dies getan.
Doch kreierte er das Böse,
um eine Bedeutung für das Gute zu schaffen
und er segnete uns mit der Superkraft des
freien Willens.
Entscheide dich Gut zu sein und du erlangst Gutes.
Entscheide dich Böse zu sein und du erlangst Böses.

- Bestimme dein Zielort

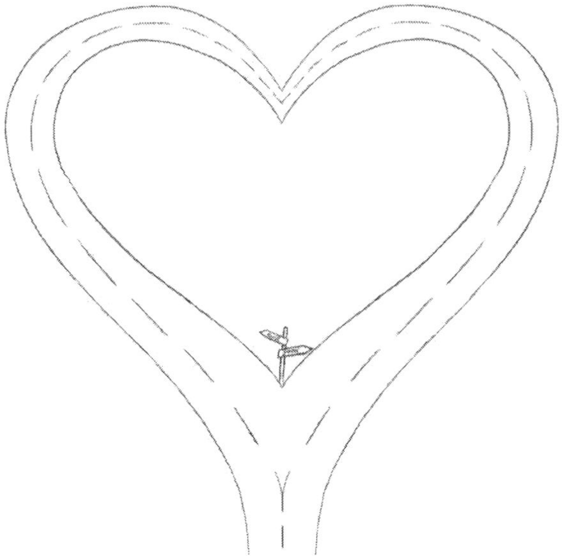

Lasse mich
einfach ehrlich sein.
Ich bin eine Sünderin und sicherlich keine
Heilige.
Jedoch war es mir möglich durch
den trügerischen Vorhang zu sehen.
Ich rannte vor dem Guten, denn sie sagten mir ich sei nicht
gut genug dafür
und doch, dank all dem was passiert ist, war ich im Stande
Stück für Stück zu begreifen.
Ich bin Dankbar für die Erfahrung, doch sie war den Fall nicht
wert.
Doch ich vermute, um zu verstehen, musst du
durch alles gehen.

- Dein Leben liegt in deinen eigenen Händen

Als eine Person,
welche versucht hat sich zweifach das Leben zu nehmen,
kann ich sagen, dass ich gelernt und den größten Preis
gewonnen habe.
Denn Gott bewies nicht nur mir, sondern auch allen anderen
das Gegenteil.
Gab mir eine dritte Chance, denn hier ist wo ich hingehöre.
Ich dachte, etwas sei falsch mit mir,
ich dachte, die Hölle würde mein Zielort sein,
doch Gott wollte, dass ich meine Aufgabe erfülle.
Er wollte, dass ich hart für meine Visionen kämpfe.
Sein Plan ist unvorstellbar, keiner kann es verstehen.
All das Böse dient dem Lernen und Wachstum,
denn alles ist genauso, wie es sein sollte
und unsere Nächsten zu lieben, ist das was wir tun sollten.
Beginnend mit Selbstliebe, um im Stande sein zu gewinnen.
Gegen den Hass, denn nicht die Liebe ist eine Sünde.
Tatsächlich werden die, die hassen, nie wirklich frei sein.
Sie werden nie den wahren Grund der Existenz verstehen.

- Liebe ist keine Sünde

Oh Allah swt.,
Ich weiß du kannst mich hören.
Ich weiß du bist bei mir
Sie sagten mir, es würde etwas nicht stimmen.
Sie sagten mir, die Hölle würde mein Zielort sein.
Sie versuchten mir mein liebendes Herz auszutreiben.
Es war niemand von Anfang an da um mich zu retten.
Ich flehte sie an, mit Tränen in meinen Augen.
Ich verstand nie wozu das Ganze und weshalb.
Sie versuchten auf mich so viel Hass zu übertragen
und berechtigten es mit deinem heiligen Namen.
Ich wollte mit dir im Paradies sein.
Du wolltest, dass ich lebe und weise werde.
Ich verstehe, dass ich stark sein musste,
um allen zu beweisen, dass sie falsch liegen.
Denn hassen ist einfach, jeder wäre in der Lage dazu.
Doch zu lieben benötigt Stärke und
das ist der wahre Glaube.

- Glaube ist Liebe

Ich bin der schmale Grad zwischen Herz und Verstand.
Ich bin Wissen mit dem Zweck der Bereicherung.
Ich bin das offene Geheimnis, bereit entdeckt zu werden.
Ich bin ein heilendes Geschenk, bereit aufgedeckt zu werden.
Beharre nicht auf deiner Wahrheit, sondern versuche zu verstehen.
Vergiss nicht, dass dein Leben in deinen ganz eigenen Händen liegt.
Verwechsle die Bereicherung des Wissens nicht mit Aberglaube.
Entscheide dich nicht dazu stillschweigend zu sein, nur um dann
die Schreie anderer zu kritisieren.

- Der Schmerz der Spiritualität

Was ist, wenn ich dir sage,
dass alles was existiert, sich bewusst dazu entschied zu existieren.
Demnach entschied sich jede Seele für das Leben anstelle des Nichts.
Wir sind niemals sterbende Seelen, welche eine menschliche Erfahrung erleben.
Durch eine höhere Macht erschaffen, für göttliche Zwecke.
Glaube, indem du selbst alles durchlebst,
bis du schließlich keine andere Wahl mehr hast,
als zu verstehen, dass es mehr hinter Allem geben muss
und das der Tod bloß der Anfang der Ewigkeit ist.

- Wach auf

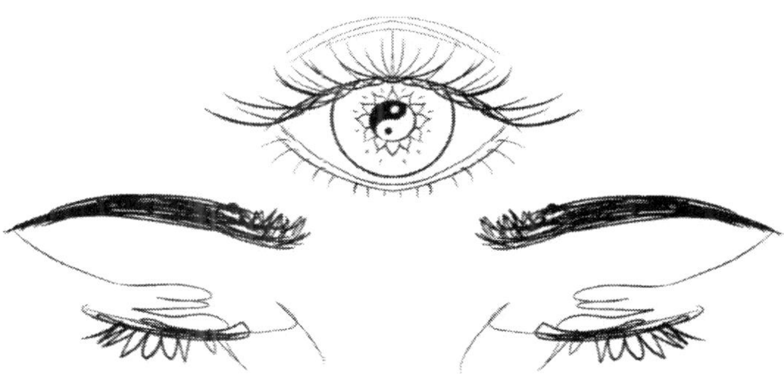

Die Sache mit der Spiritualität
ist, dass nicht jeder sich im Klaren darüber sein will.
Denn du kannst etwas nur verstehen, wenn
du bereit dafür bist.
Auch wenn diese Welt es so dringend braucht,
ist sie genau deshalb so wie sie ist,
weil sie unglücklicherweise
die Wahrheit vermeidet.

- Es gibt so viel mehr als du dir vorstellen kannst

Lass mich dich
der Kunst des Manifestieren vorstellen.
Es ist ein Teil der Quantenphysik.
Es ist Wissenschaft.
Es ist das Gesetz der Anziehung,
welches besagt: Gleiches zieht Gleiches an.
Wenn du voll und ganz ohne Zweifel an etwas glaubst,
so wird es geschehen.
Du solltest lernen deine Gedanken zu kontrollieren,
denn ihre Energie kreiert deine Realität.

- Positive Gedanken ziehen ein positives Leben an

Über 60.000 Gedanken am Tag
sind schwer zu kontrollieren.
Doch was ist stärker als Gedanken, als
die Emotionen selbst.
Sei glücklich für einen Moment,
auf dass Glück folgen kann.
Sei glücklich für eine Weile und
Glückseligkeit wird deine Leere füllen.

- Lebe für die glücklichen Momente

Dein Ego
war nie dazu gedacht dich zu kontrollieren
und auch ganz sicherlich nicht um dein inneres Kind zu
unterdrücken.
Tatsächlich gehen sie beide Hand in Hand.
Denn während dein Ego ein Ideal ist,
welches dir aufgezwungen wurde,
ist dein inneres Kind viel mehr dein wahres ich,
welches einfach nur sein will.
Dein Ego kann deine größte Inspirationsquelle sein,
denn es fragt dein inneres Kind stets, wer es sein möchte.
Doch wenn du dein inneres Kind fallen lässt,
dann sagt dir dein Ego wer du angeblich bist.
Und im schlimmsten Falle endest du darin,
eine Lüge zu glauben.

- Du kannst so viel mehr sein, als was man dir erzählt hat

Die Macht zu haben, die eigenen Probleme zu lösen.
Die Kraft zu haben, gegen das eigene Ego anzukämpfen.
Den Mut zu haben, sich dem eigenen Schatten zu stellen.
Selbstreflektiert nach dem Kern des eigenen Schmerzes zu suchen.
Nur um herauszufinden, dass Heilung kein Ziel, sondern ein Weg ist.

- Schattenarbeit

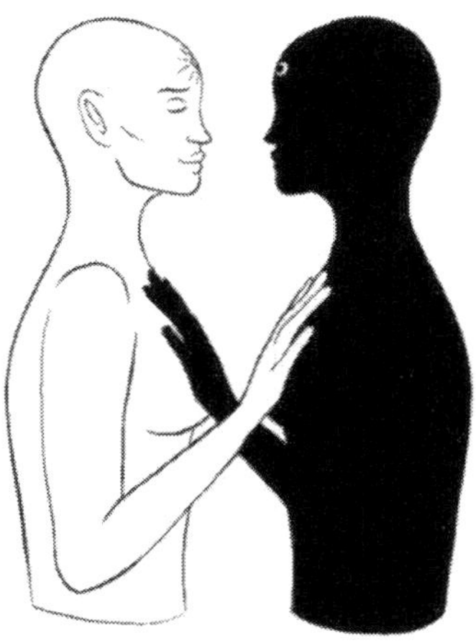

Alles ist Energie
und Energie kann manipuliert werden.
Aufgrund dessen musst du
Acht auf dein eigenes Energiefeld geben.
Reinige deine Wurzel-Chakra,
auf dass du dich geerdet fühlen magst.
Reinige deine Sakral-Chakra,
auf dass du dir deine eigene Kraft zurückholen kannst.
Reinige deine Solarplexus-Chakra,
auf dass du deiner Intuition gestatten magst dich zu leiten.
Reinige deine Herz-Chakra,
auf dass die Liebe gegen jegliche Form an Hass gewinnen kann.
Reinige deine Hals-Chakra,
auf dass du im Stande sein magst,
deine eigene Wahrheit zu kommunizieren.
Reinige dein drittes Auge-Chakra,
auf dass du die Realität für das sehen magst, was sie wirklich ist.
Reinige deine Kronen-Chakra,
auf dass du dich auf einer der Art hohen Energiefrequenz
befindest, so dass du die ganze Welt manifestieren kannst.

- Bring deine Chakren in Einklang

Ich wünschte die Menschen würden die wahre Kraft der
Astrologie kennen.
Ich wünschte die Menschen würden die Bestimmung fühlen,
die sie einem schenkt.
Ich meine, ist es denn nicht wunderschön daran zu glauben, dass
jeder Planet, jeder Stern, einfach jede Konstellationen, welche
wir aus der Ferne beobachten, dazu bestimmt waren, dein ganz
eigenes einzigartiges Meisterwerk zu sein.
Gesegnet mit einer verborgenen Bedeutung,
genau wie dein ganzes Dasein.

- Astrologie schenkt dir Frieden und Gefühle benötigen keine Bestätigung

Mein Lieber Steinbock, oh Steinbock,
frage dich nicht selbst, weshalb du geboren wurdest.
Deine harte Arbeit wird sich auszahlen,
es braucht lediglich einen weiteren Anlauf.
Und es ist in Ordnung unnachgiebig zu sein,
das heißt nicht gleich, dass du weniger fühlst.
Doch versuch mal nicht so pessimistisch zu sein,
denn es ist nicht immer realistisch.
Es bedarf keiner Verklemmung,
denn das ist das Leben und kein Kampf.
Schließlich kannst du nur dann wachsen,
wenn du bereit bist loszulassen.

- Tritt aus deiner Komfortzone raus.

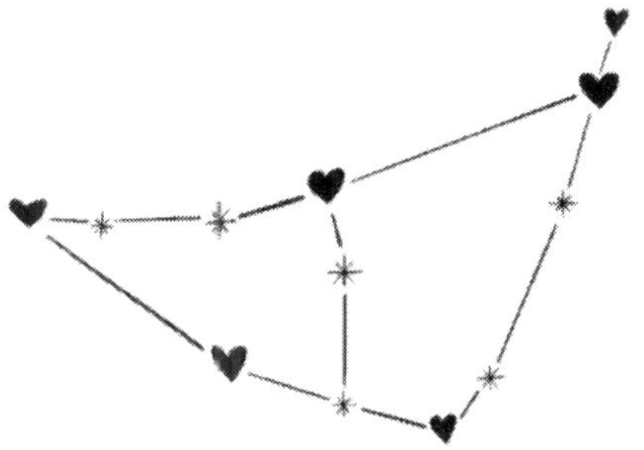

Mein Lieber Wassermann, oh Wassermann,
frage dich nicht selbst, weshalb du so vielseitig bist.
Hör auf so verdammt verbissen zu sein.
Ich weiß, du strebst nach einer Glückssträhne
und das ist auch der Grund, weshalb du nicht anwesend bist.
Atme tief ein und aus, versuche dich zu entspannen.
Es ist nichts schlimmes dabei, auffällig zu sein.
Du brauchst niemanden, der dich für Ästhetisch hält,
denn all die Liebe, welche du bereit bist zu geben,
ist in erster Linie für dich gedacht,
auf dass du lernst zu leben.

- Liebe dich selbst und die Welt wird dir folgen

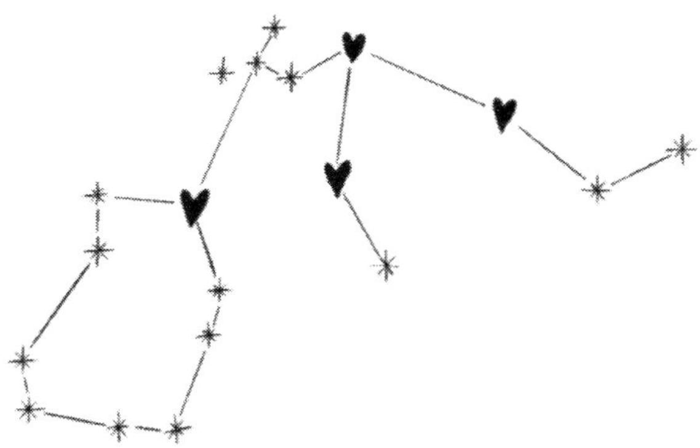

Mein lieber Fische, oh Fische,
denke nicht dein Leben sei eine Krise.
Du bist nicht verflucht, nur weil du emphatisch bist.
Deine vielschichtige Seele ist pure Ästhetik.
Es ist kein Verbrechen mystisch zu sein
und es ist vollkommen in Ordnung spirituell zu sein.
Dein fantasievoller Verstand ist bereit zu sehen
und dein romantisches Herz ist bereit zu sein.
Drum verurteile dich nicht selbst dafür,
dass du schwer definierbar bist.
Denn Tatsache ist, dass gerade das dich noch exklusiver macht.

- Du bist nicht eigenartig, sondern einzigartig

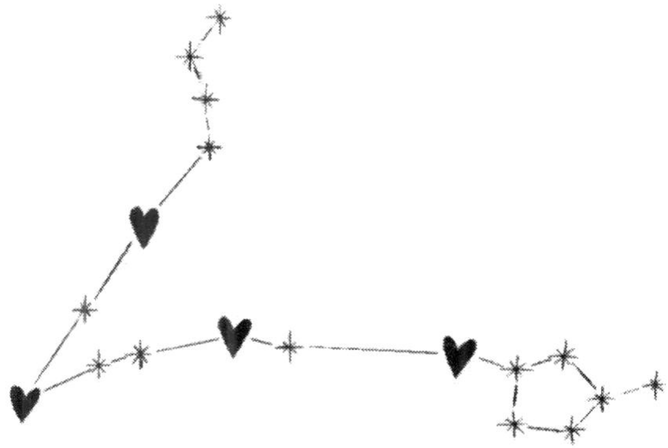

Mein Lieber Widder, oh Widder,
denk nicht deine Seele sei entsetzlich.
Es ist eine Stärke so verdammt furchtlos zu sein
und das bedeutet nicht du seist leichtsinnig.
Du bist einer der Stärksten.
Du bist brutal ehrlich.
Für einige ein wenig zu energetisch,
doch sicherlich niemals hinterhältig sympathisch.
Jedoch solltest du deinen Emotionen gestatten zu sprechen,
denn du kannst ruhig weinen, ohne schwach zu sein.

- Du kannst ein Feuer in deinem innersten verspüren und parallel Tränen in deinen Augen haben

Mein Lieber Stier, oh Stier,
du bist so belebend wie ein Chor.
Deine Verpflichtung fühlt sich möglicherweise so an,
als könntest du besessen sein.
Das muss ein einer der Gründe sein,
weshalb du dich immer gestresst fühlst.
Und wir alle wissen, ganz tief im inneren, bist du gierig.
Das ist nunmal der Weg,
wie du deine emotionale Abhängigkeit verarbeitest.
Denke dran, das macht dich nicht zur Göre, denn
es braucht durchaus Selbsterkenntnis, um so penibel zu sein.
Nur weil andere nicht nachvollziehen können,
weshalb du dich isolierst, heißt es nicht,
dass du dich in Selbstzweifel verlieren solltest.

- Sei deine eigene Priorità, bevor du andere zufrieden stellen willst

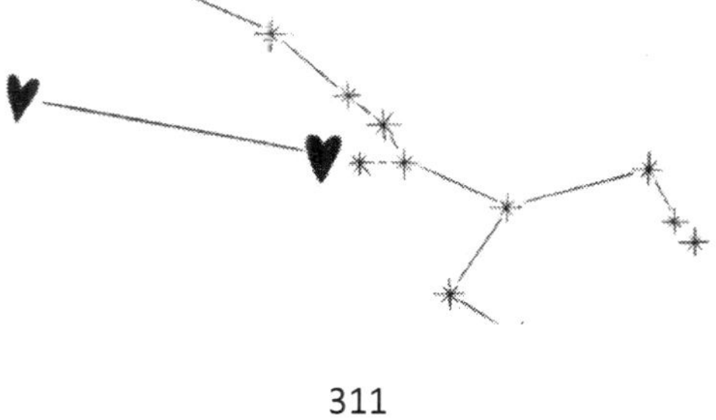

Mein Lieber Zwilling, oh Zwilling,
deine Gedanken sind Grenzüberschreitungen,
welche bis zum Himmel reichen.
Gewissermaßen wirkst du dramatisch
und das macht dich wiederum unberechenbar.
Auch wenn sie meinen du wirkst unreif,
wisse es ist deine blutjunge Aura der Reinheit.
Du selbst weißt wie gerissen du eigentlich bist,
deshalb behältst du deinen Distanz, genau wie ein echter Stern.
Du bist der Läufer, während dir nachgejagt wird.
Aus diesem Grund urteilen viele Menschen und
denken du hättest zwei Gesichter.

- Verstehe dich selbst und lass andere ruhig raten

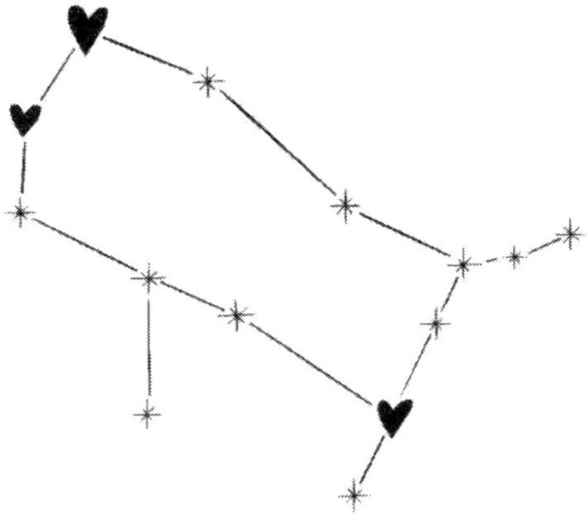

Mein Lieber Krebs, oh Krebs,
du bist auf der ständigen Suche nach ultimativen Antworten.
Schamlos fürchtest du dich nicht davor neugierig zu sein.
Doch letztlich liebst du es mehr, es vertraut zu haben.
Es ist vollkommen in Ordnung sich oft nostalgisch zu fühlen.
Deine Bestimmung ändert sich nicht,
selbst wenn du strategisch bist.
Denk daran, du bist immer noch liebevoll und reizend,
selbst wenn du zugibst, dass
du Angst davor hast, verletzt zu werden.
Deine emotionale Achterbahn erscheint schillernd,
doch es ist schließlich deine loyale Seele,
welche dich auf magische Weise magnetisch macht.

- Andere können dich nicht heilen,wenn du nicht kooperierst

Mein Lieber Löwe, oh Löwe,
du wurdest geboren, um ein Führer zu sein.
Mit deiner Lebhaftigkeit stimulierst du diese Welt.
Ihr Gedanke du würdest unverschämt sein,
sollte dich nicht überraschen.
Du erscheinst egoistisch,
doch es ist nun mal unrealistisch für dich gewöhnlich zu sein.
Wenn es um deine Liebsten geht, bist du überfürsorglich und
doch bist du nicht für die Perspektive anderer verantwortlich.
Tiefen sind etwas unvermeidliches,
drum fokussiere dich ruhig auf dich selbst,
denn du liebst es verwöhnt zu werden.

- Du brauchst keine Bestätigung, um deinen Wert zu erkennen

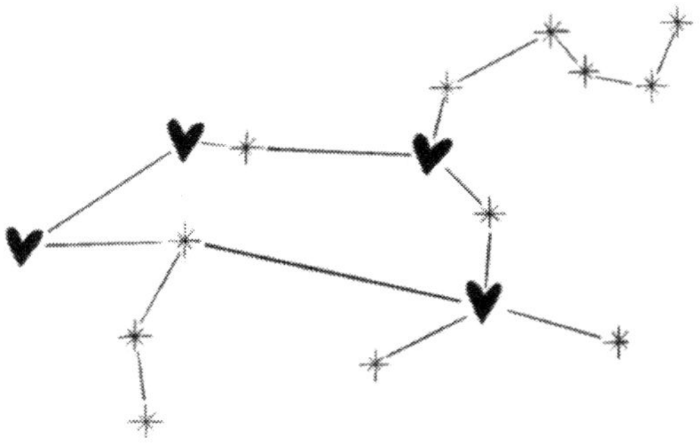

Meine liebe Jungfrau, oh Jungfrau,
du bist jedermanns Held.
Dein Perfektionismus lässt dich urteilsfreudig aussehen,
doch viel eher macht dich dein kritisches Auge wählerisch.
Allen ist bewusst, du bist ein dickköpfiger Kontrollfanatiker,
als würdest du Angst davor haben,
deine Verletzlichkeit würde dich schwach wirken lassen.
Du stellst jeden über dich selbst, du bist aufopfernd.
Doch sobald es um dich geht, umgehst du das Romantisieren.
Wahrscheinlich bleibst du deshalb bescheiden,
ganz gleich was auch geschehen mag.
Nur denk bitte bei dem Blick in den Spiegel daran, ehrlich
zu sein.

- Du bist nu rein Mensch und nicht Gott

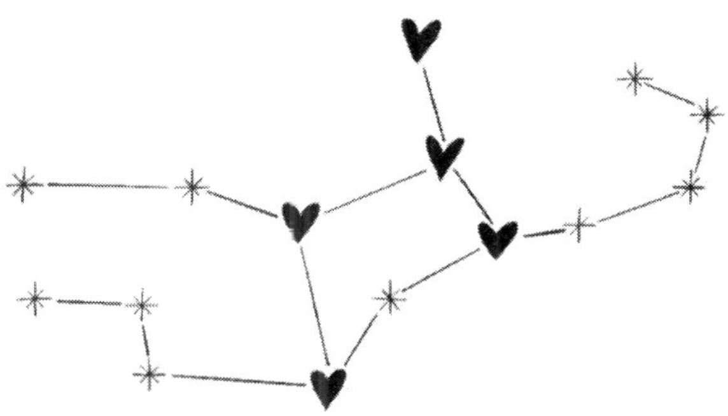

Meine liebe Waage, oh Waage,
du liebst es eine Diva zu sein.
Gibt es eine Ungerechtigkeit, so siehst du es sofort.
Schließlich zahlt es sich für die Gerüchteküche aus.
Dennoch, tief in deinem inneren,
würdest du sogar deinen gefürchtetsten Feind fair behandeln.
Auf dass dich die ganze Welt als einzigartig wahrnehmen mag.
Auch wenn es manchmal so erscheint,
als könntest du dich nicht entscheiden,
fürchte dich nicht davor zuzugeben,
dass auch du mal einen Wegweiser benötigst.
Denn du kannst noch immer dramatisch sein
und parallel dazu noch diplomatisch.

- Balance beinhaltet die selbe Akzeptanz des Schlechten, genau wie des Guten

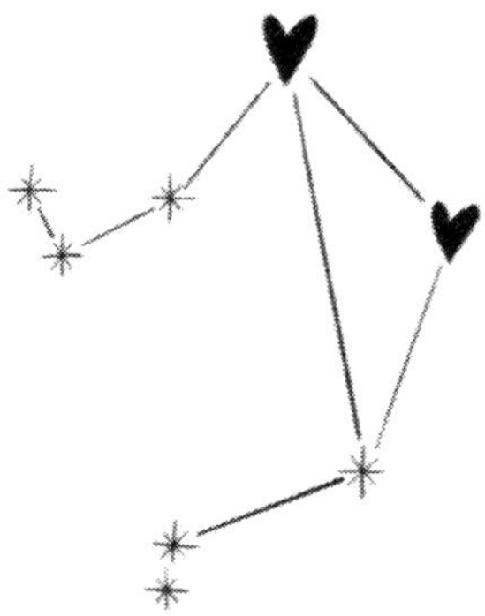

Mein Lieber Skorpion, oh Skorpion,
du lebst, indem du mit dem Strom schwimmst.
Versteckst deine Sensibilität hinter einer strengen Maske,
als könnten deine tiefgründigen Gedanken etwas vorhersagen.
Du liebst das Verborgene, weshalb du dich selbst kaum öffnest,
auf dass wenn du mal die Hüllen fallen lässt,
es besser geschätzt wird
Wir wissen alle, dass du furchtlos bist.
Doch dies bedeutet nicht, dass du unbekümmert wirken musst.
Schließlich kannst du dich durch Eifersucht inspirieren lassen.
Tatsächlich ist es die Gelegenheit zu zeigen,
dass du rebellisch bist.

- Sperr dich nicht selbst hinter einer Fassade ein

Mein Lieber Schütze, oh Schütze,
denk nicht, dass Liebe gefährlich sei.
Ich weiß, du sehnst dich nach einer freien Seele,
dennoch ist es in Ordnung Grenzen zu besitzen.
Ich weiß du möchtest alles erforschen,
doch dies beinhaltet den Aufstieg, genauso wie denn Fall.
Es ist legitim deine Gefühle zu zeigen,
tatsächlich ist es keine große Sache.
Du kannst ein Rebell sein, doch versteck dich selbst nicht,
denn du kannst nur dann wirklich frei sein,
wenn du dich selbst liebst.

- Um frei zu sein, musst du dir selbst gestatten zu sein

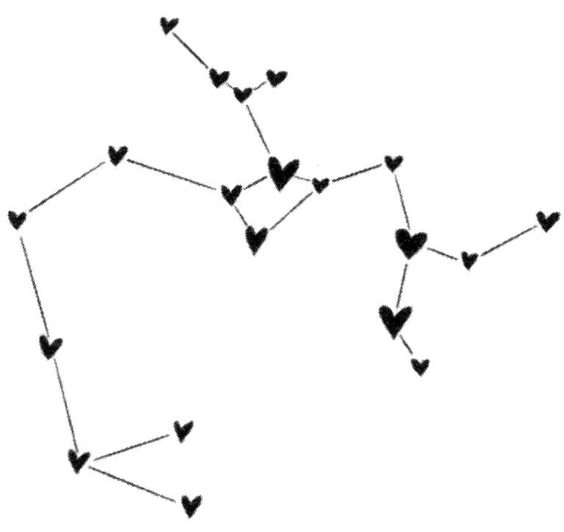

Die Sache mit Horoskopen
ist, dass sie eine interessante Nachricht für jedermann besitzt.
Doch wenn du sie alle liest,
erkennst du,
dass sie alle auf irgendeine Art und Weise zutreffend sind.
Es ist keine Tatsache,
viel eher eine schöne Ansicht.
Demnach überlasse dich selbst nicht dem, was
dich in die Irre führen kann.
Denn die Zukunft ist nicht in den Sternen geschrieben,
sondern in deinen eigenen Händen.

- Sterne definieren dich nicht

Manchmal,
verliere ich mich in einem einzigen Gedanken
und kreiere etliche Paralleluniversen.
Manchmal
denke ich darüber nach, was überhaupt echt ist.
Suche wie verrückt nach der Antwort.
Jedoch
muss ich verstehen,
dass die Realität das ist, was du selbst daraus machst.

- Du kreierst deine eigene Realität

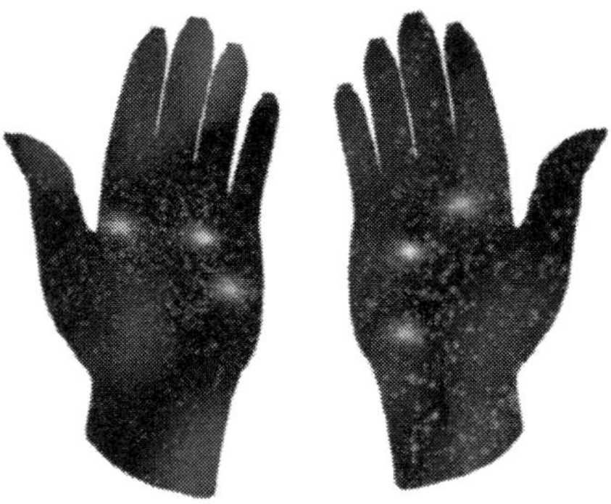

An mein höheres ich,
ich bewundere deine Nettigkeit,
welche dich zur Wunderschönsten der Welt macht.
ich bewundere dich für deine Vielseitigkeit,
welche dich zu einer multitalentierten Persönlichkeit macht.
Ich bewundere deine komplizierte Seele,
welche dir ermöglicht das Große und Ganze zu erkennen.
Ich bewundere dein rebellisches Herz,
welches bereit ist alle Grenzen zu überschreiten.
Ich bewundere deinen kämpfenden Geist,
welcher sich nie auf den Hass anderes herablässt.
Ich bewundere dich, die so einzigartig ist,
dass manch einer denken mag,
du seist aus anderen Welt.

- Es ist ein Segen du sein zu dürfen

SINN

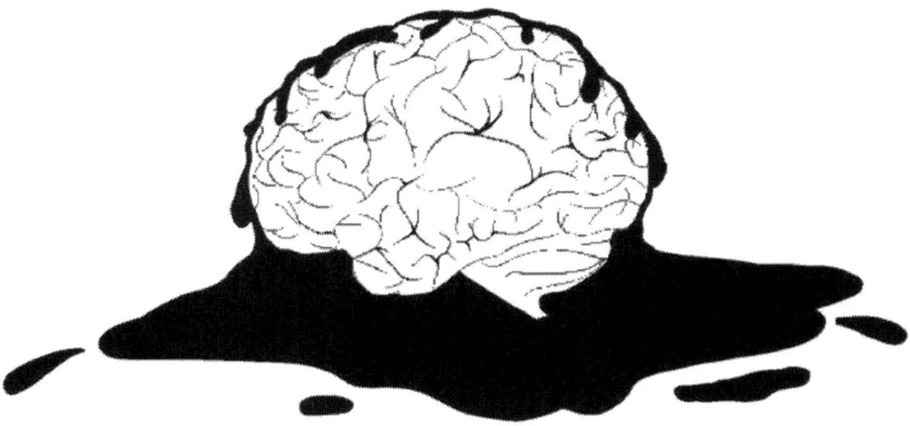

Das Leben ist keine Bestrafung.
Fehler brauchen keine Verbannung.
Lerne den Schmerz zu akzeptieren und willkommen zu heißen,
denn durch ihn kannst du wertvolle Lektionen dazu gewinnen.
Gestatte dir selbst offen zum empfangen zu sein,
auf dass du dich und deine Bestimmung finden magst.

- Der Sinn des Schmerzes ist Lektion

Der Sinn des Schmerzes

Part I

Die Menschen wiegen
zwischen Gut und Böse ab.
Jagen dem Ungewissen hinterher,
verlieren langsam den Verstand.
Vergessen, dass die Liebe
unserer aller Ursprung ist
und das beinhaltet die Fähigkeit zu fallen.
Denn das Leben ist ein Kreislauf,
nach jedem Tief folgt ein Hoch.
Der Schmerz hat den Sinn dich zu belehren
und Weise zu machen.
Dein Schmerz ist nicht das Schlechte, sondern
deine Entscheidung, dich nicht damit zu befassen.
Wie soll die Welt dich denn verstehen,
wenn du es nicht einmal selbst kannst.
Wie kannst du urteilen, wenn du Selbst nicht perfekt bist.
Sei das, was du sein möchtest, doch
lass mich ich selbst sein.
Niemand kennt die Wahrheit, hinterfrage nicht Gottes Plan,
denn es war die Arroganz, die den Teufel gemachte hat zu
einem armen Mann.

- Urteile nicht über etwas, das du nicht verstehen kannst

Part II

Du bist nicht gebrochen,
nur weil du dich von Tag zu Tag zu reparieren versuchst.
Du bist nicht gebrochen,
nur weil du dich für dich selbst entschieden hast,
als niemand anderes bleiben wollte.
Du bist nicht gebrochen,
nur weil du deine Dämonen bekämpfst.
Du bist nicht gebrochen,
nur weil du durch verschiedene Phasen gehst.
Du bist nicht gebrochen,
nur weil du dich für das Leben, nicht den Tod entschieden hast.
Du bist nicht gebrochen
und doch verlieren die Menschen ihre Luft zum Atmen.
Denn sie wissen ganz genau, dass sie dich nicht brechen können.
Es kratzt an ihren Egos, denn es erinnert sie an ihre eigenen
Grenzen.
Es erinnert sie an ihr eigenes Ende,
deshalb sagen sie, du seist fehlerhaft, denn sie können nicht
akzeptieren, dass du stärker bist, als sie es jemals sein werden.
Lass sie dich nicht blenden, für etwas,
was sie schon längst erkannt haben.
Du bist unzerstörbar.

- Lass sie dich nicht manipulieren

Part III

Vergib dir
für jedes Mal,
wo du dich verstummen lassen hast.
Für jedes Mal,
wo du anderen gestatten hast, dir Befehle zu geben.
Für jedes Mal,
do du anderen erlaubt hast, dich schlecht zu behandeln.
Für jedes Mal,
wo du anderen gewährt hast, dich traurig zu machen.
Für jedes Mal,
wo du nicht verstanden hast, das deine Gefühle wertvoll sind.
Für jedes Mal,
wo du nicht verstanden hast,
dass es nie zu spät für eine Veränderung zum Guten ist.

- Alles beginnt mit dir Selbst

Part IV

Hör auf, dich über das Gitter deiner Gedanken zu beschweren,
stattdessen erlaube dir, hindurch zu blicken.
Hör nicht auf die projizierten Lügen in deinem Kopf,
denn dieser Dreck wird dich nur zurückhalten.
Befrei dich und sei offen für deine
eigene einzigartige Lösung.
Kämpfe für das was du willst und dann

- Starte eine Revolution

Leben und Tod

Part I

Manchmal
sind wir mutig, aber dann fallen wir.
Manchmal
lieben wir, aber werden nicht zurück geliebt.
Manchmal
geben wir, aber kriegen keinerlei Stück zurück.
Manchmal
sehnen wir uns nach Frieden und doch werden wir attackiert.
Sag mir,
gibt es denn wirklich ein Ungleichgewicht,
oder sind wir gefangen
in unserer eigenen Ignoranz?
Ohne Probleme gäbe es keine
Lösungen.
Ohne Hass gäbe es keine
Liebe.
Ohne Schlechtes gäbe es nichts
Gutes.
Ohne Tod gäbe es kein
Leben.

- Alles ist Teil eines Ganzen

Part II

Der Mond und die Sonne
haben ihren Gegenüber nie hinterfragt.
Sie wussten schon immer, dass beide ihre
Bestimmung erfüllen.
Zusammen im Gleichgewicht.
und ich vermute, dass das
der Schlüssel zum Leben ist:
Balance.
Wir haben die Antworten
direkt vor uns liegen.
Uns ist das Schlechte und Gute bewusst,
wir müssen nur die Ausgeglichenheit in uns selbst finden.
Hoffe für Beste, doch erwarte dennoch das Schlechteste.
Akzeptiere das Schlechte genauso wie das Gute.
Alles hat eine Sinn, genauso wie
du selbst,
doch um geliebt zu werden musst du erstmal
dich selbst lieben.

- Das Ying and Yang

Der Sinn des Lebens

Part I

Ich denke
der wahrhaftige Sinn des Lebens ist
zu Glauben.
Aus diesem Grund funktioniert
das Gesetz der Anziehung.
Du musst daran glauben,
dass du aus einem bestimmten Grund hier bist.
Dass etwas mächtigeres als
du selbst, immer hinter dir steht.
Dass alles eine Bestimmung hat,
genau wie du selbst.
Dass alles individuell ist,
genau wie du selbst.
Dass wir alle gleich sind.

- Ich bin wie du

Part II

Um zu glauben,
musst du
dankbar sein.
Das Leben ist ein Geschenk.
Alles was du benötigst,
ist bereits in dir verborgen
und all das wovon du denkst,
dass du es nicht brauchst,
wird dich des besseren belehren.
Sei Dankbar für dein Herz,
mit der Fähigkeit in kleinste Teile zu zerbrechen.
Für deinen Verstand,
mit der Gabe zu reparieren.
Für deinen Körper,
mit der Kraft aus dem Leid neugeboren zu werden.
Sei Dankbar für all den Schmerz,
welchen du durchleben musstest,
denn er hat dich
weiser,
stärker,
unzerstörbar gemacht.

- Du bist der Phönix

Part III

Um dankbar zu sein,
musst du deinen Schmerz lieben,
denn nur dann begreifst du
die Lektionen.
Schmerz muss akzeptiert werden,
sodass du im Stande sein kannst zu erkennen,
dass man sich dem Schmerz stellen muss.
Denn dann bereichert er uns mit Ratschlägen.
Schmerz muss geliebt werden,
sodass die Hoffnung nie stirbt.
Denn wo Liebe ist,
wird für immer Hoffnung sein
und wenn du liebst,
wird alles besser werden.

- **Glaube an die Liebe,
  sei dankbar für den Schmerz,
  empfange von oben
  einige Lektionen als
  Geschenk**

Selbstgespräch

Wach auf, du hast viel Arbeit vor dir.
Aber ich brauche eine Auszeit, ich fühl mich viel zu schwach.
Du kannst es dir nicht leisten, du hast viel zu große Träume.
Ich bin müde von allem, es macht mich krank.
Steh auf, arbeite hart, du musst kämpfen.
Aber was wenn ich verliere und jeder Recht haben wird.
Was wenn ich es nicht schaffe, was ist wenn ich nicht gewinne?
Aber was, wenn doch, drum Kinn nach oben und Kopf hoch.
Ich hab keine Kraft mehr mein Lächeln zu erzwingen.
Dann schrei und lass alle dein Brüllen hören.
Ich fühle so viel Schmerz und kann nicht einmal weinen.
Ich spreche stets zu Gott und frage Ihn weshalb.
Du bist hier aus einem Grund, Gott hat schon einen Plan.
Er glaubt an dich und weiß, dass du es schaffst.
Wieso kann ich nicht glücklich sein, für was bin ich am Leiden?
Ich versuche und versuche doch keinerlei Gewinn ist in Sicht.
Vergiss nicht, dass wir alle irgendeine Art von Schmerz verspüren.
Du bist nur ein Mensch und keineswegs verrückt.
Manchmal muss man einfach weitermachen,
bis uns eines Tages endlich der Erfolg beglückt.
Es ist hart und verletzend und solltest du jemals gestresst sein,
so erinnere dich an deine Bestimmung und vergiss nicht, dass du gesegnet bist.
Nun wandle deinen Schmerz in Kunst,
denn liebes, du bist so klug.
Lass die ganze weite Welt wissen, dass es in Ordnung ist traurig zu sein.
Erinnere sie daran, liebenswürdig zu sein und das Böse zu verweigern.
Zeig ihnen, zu was du fähig bist, selbst mit Tränen in deinen Augen.
Sei ehrlich, sei du selbst und erzähl ihnen, dass es wichtig ist zu weinen.

- **“..Doch es mag sein, daß euch etwas widerwärtig ist, was gut für euch ist und es mag sein, daß euch etwas Lieb ist, was übel für euch ist. Und Allah weiß es, doch ihr wisset es nicht..“ (Koran 2:216)**

DANKE DIR

الحمد لله

Al Hamdu Lillah

Alles Lob gebührt Allah swt.

Folge mir auf den sozialen Medien

@elisakyzu

Printed in Poland
by Amazon Fulfillment
Poland Sp. z o.o., Wrocław

93834295R00200